中公文庫

由布院心中事件

新装版

西村京太郎

中央公論新社

目次

由布院心中事件

新装版

第一章　友の便り

1

友人のアメリカ人から、十津川に、手紙が届いた。

〈今、妻の加奈子と、由布院《ゆふいん》に来ています。一週間ほど、ここのFホテルに泊るつもりです。私の考えでは、日本で一番豊かな所は、由布院だと思っています。何よりも、素晴しいのは、自然が保たれていることで、昔の日本の温泉地は、みんな、こんな風だったのではないかと思います。友人が、アメリカから訪ねて来たら、必ず、由布院へ案内しようと思います。

ロナルド・E・クラーク〉

彼は、日本に来てまだ一年である。大学で日本語を習っていたというだけに、上手に話すが、書く方は、あまり、得意ではない。だから、この手紙は、妻の加奈子が書いたものった。

夫婦で、今、翻訳《ほんやく》の仕事をしていて、日本の童話を翻訳したものを、贈られたことがあだろう。

この手紙を見て、十津川の妻の直子は、

「羨《うら》やましいわ」

と、まず、いった。

「一週間も、二人で、温泉で、ゆっくり出来るんだから」

「どうせ、彼等だって、ホテルに、仕事を持ち込んでいるよ」

と、十津川は、いった。

「それでも、羨やましいわよ」

「私が、君と一緒に温泉へ行けないのは、仕事の性質上、仕方がないよ。夫婦で、温泉へ一緒に行って勤まる仕事じゃないんだから」

「それは、わかってるけど――」

「その中《うち》に、休暇を貰《もら》って、君を、由布院に誘うよ」

と、十津川は、いった。

その翌日だった。

十津川が、帰宅すると、直子の姿がなかった。

置手紙があって、それを見ると、

〈由布院に行きます。あなたも、休暇をとって、後から来て下さい。

直子〉

と、書いてある。

一瞬、何を考えてるんだと、腹が立ったが、直子は、自分のわがままで、勝手に旅行に行ってしまうような女ではないと、思い直した。

何かあるに、違いない。

今、由布院といえば、思い当るのは、クラーク夫婦のことだけである。

直子も、もちろん、クラーク夫婦と、親しくしているから、二人に、会いに行ったのだろう。

（だが、何故《なぜ》、突然、会いに行ったのだろうか？）

十津川は、直子の携帯電話に、かけてみた。

電話が、通じて、彼女が、出た。

「今、由布院なの」

「それは、わかってるよ。どうして、由布院に行ったのか、理由《わけ》を話してくれ」

と、十津川は、いった。

「書いておかなかったかしら？」

「何も、書いてない。ただ、由布院へ行きますとしか書いてなかったよ」

「ごめんなさい。あわてちゃったんだ。加奈子さんが、死んじゃったのよ」

と、直子が、いった。

声が、かすれていた。

「死んだって、どうして？」

「殺されたのよ。それで、夫のクラークさんが、殺人容疑で、ここの警察に逮捕されてしまって、助けてくれといわれて、あわてて、飛んで来たの」

直子が、早口に、いう。

「詳しく、説明してくれないか」

と、十津川は、いった。

「今日の一時頃、電話が、かかって来たの。クラークさんからで、今、警察の留置場にいるというの。やっと、電話を使わせて貰ったともいっていたわ。わけを聞くと、今朝《けさ》、散歩に出て、ホテルに戻ったら、刑事が来て逮捕されたんですって。仲居さんが、部屋の掃除に入ったら、布団の上で、加奈子さんが、首を絞められて死んでいた。それで、警察に電話したらしいの」

「警察は、夫のクラークが、殺したと考え、散歩から帰ったところを逮捕したというんだな」

「そうなのよ。いくら、違うといっても、信用してくれない。それで、私に、助けを求めて来たのよ」

これで、話が、わかってきたと、十津川は、思った。

「それで、君は、警察へ行って、彼に会ったのか？」

「それが、会わせてくれないのよ。ただ、警察の方《ほう》の話は、聞けたわ。クラークさんたちは、由布院に知り合いはいない。だから、加奈子さんを殺す動機を持っているのは、夫のクラークしかいないというのが、ここの警察の考え方よ」

「物盗《ものと》りの犯行ということは、考えられないのか？」

「何も盗られてないの。それは、クラークさんも、認めているらしいわ」

「だが、クラークが、加奈子さんを殺す筈《はず》はないんだ。彼が日本へ来てすぐ、一目惚《ひとめぼ》れして、結婚したんだから」

「それは、私も、いったわ。でも、ここの警察は、信用しないのよ。とにかく、クラークさんに会いたくて、あなたの名前を、出そうと思ったけど、本庁と、ここの県警が仲が悪いと、かえって、変なことになると思って、やめておいたわ」

と、直子は、いう。

「別に、大分県警と、仲が悪いことはないよ」

と、十津川は、苦笑した。

「それで、あなたも、来てくれるんでしょう？」

直子が、きく。

「クラークも、加奈子さんも、東京に住んでいるし、東京で、仕事をしている。大分県警から、警視庁に、捜査協力の要請があると思うね。そうなれば、クラーク夫婦のことに詳しい私が、そちらに派遣されるだろう。それを期待しているよ」

と、十津川は、いった。

2

十津川の予想が当って、翌日、警視庁へ出かけると、上司の本多一課長から、

「大分県警の捜査に協力してやってくれ」

と、いわれた。

「由布院で、日本人の奥さんが殺されて、アメリカ人の夫が、逮捕された事件だ」

「よく知っています。あの夫婦は、私の友人なんです」

と、十津川は、事情を説明し、由布院行の許可を求めた。

「君の友人か」

と、本多は、驚いた様子だったが、すぐ、大分行を許可してくれた。

十津川は、そのまま、羽田空港へ行き、福岡行のＡＮＡ（全日空）便に乗った。

福岡空港からは、博多駅へ行き、特急「ゆふいんの森」に、乗った。

十津川は、五年前に、由布院に来たことが、あった。あのとき、由布院では、映画祭が、開かれていた。といっても、彼は、仕事で来たので、映画を、楽しむことも、温泉を楽しむことも、出来なかったのだが。

グリーンの「ゆふいんの森」の車体も、五年前と同じだった。レトロ調の車内の様子も、変っていない。

由布院駅に着く。ここの町名は、昭和三十年に湯平村《ゆのひら》と合併し、湯布院となっている。前に来たとき、駅には、映画祭のポスターが貼ってあったが、今回は、音楽祭のポスターだった。

駅の外に出ると、見覚えのある由布岳《ゆふだけ》が、みえた。

町の景色は、殆《ほとん》ど、変っていなかった。

ここに住む人たちが、努力して、自然の景色を変えないようにしているのだろう。

五年前に来たとき、十津川は、ここの観光協会の係員が、

「うちは、別府の反対を行っています。向うが、歓楽の温泉なら、うちは、自然が売り物です。ここでは、お客さまには、自然そのままを、味わって頂きたいのです。由布岳に、

ケーブルをつけろという人もいますが、そんなことは、絶対に致しません」

と、いったものである。

その方針は、ずっと、守られているようだった。

警察署に行くと、携帯で連絡しておいたので、直子が、待っていた。

直子は、ほっとした表情で、

「助かったわ。まだ、クラークさんに、会わせて貰えていないのよ」

と、いう。

十津川は、直子に、ホテルで待っているようにいってから、この事件を担当している竹下という県警の警部に、会った。

十津川と同じ四十歳だという。

十津川が、逮捕したクラークと、友だちだと聞いて、びっくりした顔で、

「本当だったんですね。彼が、警視庁の警部と友人だといっていたんですが、いいかげんな、でたらめだと思っていました」

「本物の友人です。今までの経過を、説明して頂けませんか」

と、十津川は、頼んだ。

竹下は、Fホテルの間取図や、現場の写真などを、机の上に並べて、事件を、説明してくれた。

四月十八日の朝、七時半頃、Ｆホテルから、電話が入った。泊り客の女性が、布団の上で、絞殺されているのを発見したというのである。

直ちに、刑事たちが、Ｆホテルに急行した。

殺されていたのは、三日前から泊っている女性客で、宿帳には、

ロナルド・Ｅ・クラーク

妻　加奈子

と、なっていた。

「ホテルの話では、夫のクラークは、朝の散歩に出かけたということでした。そこで、われわれは、彼を待ったんです。三十分ぐらいしたら、彼が、帰って来ました。最初は、事情を聞いていただけだったんですが、その中《うち》に、彼以外に、犯人は考えられなくなって、緊急逮捕したわけです」

と、竹下は、いうのだ。

「彼を犯人だと断定した理由を教えて下さい」

と、十津川は、いった。

竹下は、その理由を、三つあげてくれた。

一、クラーク夫婦は、この由布院に、知り合いがいないこと

一、物盗りの犯行ではないこと
一、被害者の首の骨が折れており、力の強い男の犯行に違いないこと

これによって、夫のクラークを、犯人と断定したのだというのだ。

「彼は、彼女を殺したりはしませんよ。来日一年で、惚れて、惚れて、彼女の両親を口説いて、結婚したんですから」

十津川は、弁明するように、いった。

竹下は、笑って、

「彼も、同じことを、いっていましたよ。しかし、状況証拠は、彼が犯人であることを、示しています。それに、男女の仲ほど、不確かなものはありません。二人は、国際結婚ですしね」

「しかし、クラークは、日本語が出来たし、彼女は英語が、達者だったんです。意思の疎通には、事かかなかった筈ですよ」

「だが、彼女は、殺されたんです。そして、物盗りの犯行とは、考えられないのですよ。痴情か、怨恨《えんこん》です。となれば、誰だって、夫を疑うでしょう。周囲に、彼しかいなかったんですから」

「クラークは、別に、逃げ隠れはしていませんよ。朝の散歩から、帰って来ただけなんで

す。犯人なら、そのまま、逃げてしまったんじゃありませんか？」

「普通は、そう考えるでしょうね。しかし、彼は、アメリカ人です。東京には住んでいたが、この九州、由布院の地理は、よくわからない。だから、途方にくれて、戻って来たんだと思いますね。まだ、死体は、発見されていないだろうと思ってですよ」

と、竹下は、いう。

「彼に会わせてくれませんか」

十津川は、頼んでみた。

竹下は、考えていたが、

「取調べは、だいたいすみましたから、構わないでしょう。許可しますよ」

と、いってくれた。

クラークとは、取調室で会った。

アメリカ人にしては、小柄で、自分では、ラテンの血が、混っているのだと、いっていた。

それだけに、陽気な感じの男なのだが、今はすっかり、憔悴《しょうすい》し切って、元気がなかった。

十津川の顔を見ると、手を広げて、

「トツガワさん。助かりましたよ」

「いや。まだ、助かってはいないんですよ。ここの警察は、あなたを犯人だと思っている」

と、十津川は、いった。

「なぜ、私を、信じてくれないんです。私は、彼女を愛している。殺す筈がない」

「私は、信じますよ」

「どうして、ここの警察は、信じてくれないんです？」

「多分、あなたと、加奈子さんのことを、よく知らないからでしょう」

「私には、わかりません」

「昨日のことを話して下さい。何とか、あなたの力になりたい」

と、十津川は、いった。

「昨日は、ＡＭ６・００に起きた。彼女は、まだ、眠っていた。私は、彼女が、起きるまで、湖のまわりを、散歩したくなった」

「ああ、金鱗湖《きんりんこ》ね」

「そう。湖面に、朝もやが立ち籠《こ》めていて、すごく、ファンタスティックでした。その朝もやが、少しずつ晴れていった。その景色を楽しんでから、ホテルに戻ったんですよ」

「そうしたら、刑事がいた？」

「イエス。何が何だか、わからなかった。そのあと、刑事と一緒に、部屋に行ったら、カナコが、死んでいたんだ。ショックで、気持が動転して、私は、大声で叫んで、死体を抱きしめてしまったんです。それなのに、ここの刑事は、それが、芝居じみていると、いうんですよ。私は、本当は、恐しかったのに」

「わかっていますよ。だが、あなたを釈放するためには、感情に訴えても駄目なんです。無実だという証拠を集めなければなりません」

「どうやって？　この由布院には、知り合いは、一人もいない。私のために、証言してくれる人なんかいませんよ」

　クラークは、肩をすくめて見せた。

「由布院に行こうといったのは、どちらです？　あなたか、加奈子さんか」

と、十津川は、きいた。

　何とか、このアメリカ人に、有利な証拠を、集めたかったのだ。

「二人で、一ヵ月かけて、日本で、今、一番当っている芝居の脚本を英訳したんです。それで、彼女が、疲れをいやすために、温泉で、のんびりしたいといったんです。由布院を提案したのは、私ですよ。日本に来ている友人から、この温泉が、素晴しいと聞いていたもんですからね」

「あなたが、由布院へ行きたいといったんですね」

「そうです」

「彼女は、由布院が、初めてだと、いっていましたか？」

と、十津川は、きいた。

「いや、二度目だといっていましたね。それで、彼女が、Fホテルにしたいと、いったんです」

「彼女が、Fホテルに、前にも、泊ったということですね？」

「そうです。学生時代に、泊ったと、いってましたよ」

「じゃあ、五、六年前ということですね」

「ええ。その時、Fホテルが、良かったと、いったので、私も、そこに泊ることに、賛成したんです」

と、クラークは、いう。

（少しだけ、状況は良くなってきた）

と、十津川は、思った。

加奈子は、五、六年前に、この由布院に来ていて、しかも、今回の殺人現場になったFホテルに泊ったという。

ひょっとすると、そのことが、彼女が殺される理由だったのではないか？

それなら、クラークは、事件に関係ないということになる。五、六年前には、彼女は、独身で、クラークは、アメリカにいたからだ。

「由布院に着いてから、三日たっていたんですね？」

十津川は、確認するように、きいた。

「そうです。東京を、四月十五日に出て、その日の午後に、由布院について、Fホテルに入ったんです」

「それで、四月十八日の朝に、事件が起きたわけですね」

「そうです」

「その間に、由布院の中を、廻ったんでしょう？」

「ええ。馬車にも乗りました。この町には、二十以上の美術館やギャラリーがあるので、美術好きの私たちは、三つの美術館を見て廻りましたよ。空想の森美術館、アール・デコのガラスの美術館、それに、近代美術館の三ヵ所です」

「その間に、何か、問題は、起きませんでしたか？」

「問題？」

「そうです。加奈子さんが、誰かと、ケンカしたり、何か、トラブルに巻き込まれたということは、ありませんでしたか？」

「私が見る限り、ありませんでしたよ」

「見る限りというのは、どういうことですか？」

と、十津川は、きいた。

「着いた翌々日、私は、由布岳へ登りに行ったんです。彼女は、山登りが苦手なので、その時間、ひとりで町を散策した。だから、その間のことは、私には、わかりません」

「二人で、話し合わなかったんですか？」

「私は、山登りの話をし、彼女は、町のことを話しましたよ。彼女は、レンタサイクルを楽しんだと、いっていました。一時間三百円の自転車でね」

「その時、彼女は、何か、困ったことの話などはしませんでしたか？」

「いや、そんなことは何も。楽しい話しか、私も彼女も話してません」

「あなたも、彼女も、携帯を持っていますか？」

と、十津川は、きいた。

「ええ。二人とも、持っていますよ」

「彼女の携帯は、今、何処《どこ》にあるんですか？」

「私のも、彼女のも、ここの警察に押収されています」

「彼女の携帯に、かかって来て、その相手と、彼女が、ケンカしていたということは、ありませんでしたか？」

「ありませんね。ただ、今、いった、十七日の日中は、私は、由布岳に登っていたし、彼女は、貸自転車で、町を廻っていましたから、その間のことは、わかりません」

と、クラークは、いった。

そのあと、彼は、

「何とか、すぐ、私を、釈放するように、トツガワさんから、いってくれませんか。私は、この手で、彼女を殺した犯人を捕えてやりたいんです。こんな所に、監禁されていたら、何も出来ませんよ」

「すぐには、不可能です」

「どうしてです？　私は、彼女を殺してなんかいない。彼女を、誰よりも、愛していたんです」

「わかっていますが、ここの警察は、あなたが殺したと思っているんです。私が、何とか、真犯人を見つけ出しますから、しばらく、我慢して下さい」

と、十津川は、いった。

3

何とか、クラークを説得して、十津川は、二人が泊ったFホテルに向った。

金鱗湖の近くにあるホテルである。

湖底から、清水と、温泉が湧き出ていて、朝ぎりで有名な湖だった。

十津川は、加奈子の死体を発見したという、仲居に会った。

四十代の仲居で、この由布院の生れだという。

Fホテルは、ホテルといっても、和風のホテルで、各部屋は離れ形式になって、たたみで、布団を敷くように、なっている。

「十八日の午前七時頃に、お布団をあげに、うかがったんです」

と、幸子という、その仲居は、いった。

「その時、部屋のドアは、開いていました？」

「ええ。ご主人が、朝食前に、散歩にお出かけになってましたから」

「彼が外出したことは、知っていたんですね？」

「ええ。フロントのところで、お会いしてました」

「それから？」

「中に入って、和室の前で、お布団をあげさせて下さいと、声をかけたんですけど、ご返事がありませんでした。それで、大浴場へでも、朝風呂に行かれたのかと思って、障子を開けたら、お客さまが布団の上に、仰向けに、倒れていらっしゃったんですよ」

「仰向けにね？」

「そうです。最初は、まだ、寝ていらっしゃるのかと思ったんですけど、白眼をむいているし、鼻血が出たりしているので、びっくりして、フロントに連絡したんです。それから、大さわぎになって、支配人が、一一〇番したんですよ」

「彼女は、ホテルの寝巻きを着て死んでいたんですね？」

「そうです」

「部屋を見せて欲しいんだが」

と、十津川は、いった。

「警察の方が、しばらく誰も入れるなと、おっしゃっていますけど」

「私も、刑事なんだけどね」

十津川は、改めて、警察手帳を示して、菊の間に案内して貰った。

十畳の和室と、同じ十畳の居間がついている構造だった。

和室には、まだ布団が敷いたままになっていた。白いシーツの一ヵ所に、赤黒くシミがあるのは、加奈子の鼻血の痕《あと》らしい。

「写真で見ると、彼女は、足を広げ、頭の方は、枕から外《はず》れて死んでいたんだが、その通りですか？」

と、十津川は、きいた。

「そうなんです。ですから、最初は、ずいぶん、寝相の悪い女性だなと、思ったんです」

「他に、何か、気がついたことは、ありませんでしたか？」

「ただ、びっくりしてしまって――」

「二人の様子は、どんなでしたか？　仲が良かった？　それとも、ケンカをしていましたか？」

「とっても、仲の良いご夫婦でした。羨やましいくらいに。だから、どうして、ご主人が、奥さんを殺したか、わからないんです」

と、仲居は、いう。

十津川は、苦笑して、

「まだ、彼が犯人と、決ったわけじゃありませんよ」

「でも、ここの刑事さんは、犯人として逮捕したと、いっていますけど」

「私は、無実だと思っています」

「同じ刑事さんでも、意見が違うことが、あるんですか?」

「もちろん、ありますよ」

と、十津川は、いった。

「変なんですねえ」

「殺された奥さんですが、五、六年前に、このホテルに泊ったことがあるそうですね?」

十津川が、きくと、仲居は、

「私は、三年前からですから、知らないんですけど、女将《おかみ》さんは、覚えていると、いってました」

十津川は、その女将に会うことにした。

六十歳くらいの女性で、十津川の質問に、小さく肯《うなず》いて、

「ええ。覚えていますよ。まだ、大学生で、ひとりで、いらっしゃったんです。四年生の

夏休みじゃなかったかしら。十日間ほど、泊っていきましたよ」

「それにしても、よく覚えていますね？」

「ここで、ロマンスがあったから」

と、いって、女将は、ニッコリした。

「ロマンス？」

「同じ時に、この傍《そば》の旅館に泊っていた男性と、彼女が、恋をしましてね。彼の方が、ここに、誘いに来て、よく二人で、外出していましたよ」

「その彼の名前は、わかりませんか？」

「立花旅館で、お聞きになったら、わかると思いますけど」

と、女将は、いう。

すぐ、十津川は、歩いて七、八分の立花旅館に出かけた。

警察手帳を見せて、問題のロマンスについて聞いてみた。

支配人は、肯いて、

「それなら、岡本さんですよ」

「ここに、泊っていたんですね？」

「五年前の夏休みの七月です。七月に、二十日間、お泊りになって、大学の卒論を書いていかれたんです」

「ロマンスの方は、どうなったんですか？」

「七月五日から、二十五日くらいまででしたかね。いらっしゃって、五日目か、六日目に、散歩から戻ってくると、ニコニコして、私に、『僕は、恋をしたよ』って、おっしゃるんですよ。それから、卒論を書くことなんか放り出して、せっせと、Fホテルに通っていましたねえ」

支配人は、小さく、笑った。

「岡本さんなんですね？」

「岡本卓郎さんですよ」

「その後、二人は、どうなったか、ご存知ですか？」

「必ず、近況を報告しますと、おっしゃったのに、全く来ませんから、上手《うま》くいかなかったんじゃありませんかね」

「岡本さんは、何処の人か覚えていますか？」

と、十津川は、きいた。

「東京の方ですよ」

「何処の大学生だったか、わかりませんか？」

「それが、東京の大学だったとは思いますが、思い出そうとしても、どうしても、思い出せなくて。卒論を、書きに来ていらっしゃったのは間違いないんです」

「写真は、ありませんか？」

「写真もないんです。身長が、一八〇センチくらいある、痩《や》せた感じというのは覚えているんですけどねえ」

と、支配人は、いう。

これで、また一つ、クラークの無実の可能性が、出てきたと、思った。

五年前、殺された加奈子は大学四年生で、ひとりで、この由布院へ来ていて、岡本という、同じ大学生と、恋に落ちているのだ。

そのことと、今回の殺人事件と、何らかの関係があるのではないのか？

もし、関係があるとすれば、クラークは、今回の殺人と、関係がないということになってくる。

（五年前の夏か）

相手の岡本は、その時卒論を書くために、七月五日から、この由布院の立花旅館に来ていたという。

五年前なので、当時の宿泊者カードは、すでに処分してしまっていると、支配人は、いった。

だから、どこの大学かは、わからない。ただ、卒論を書くために、由布院の温泉旅館に、二十日間近く泊り込んでいるのは、いかにも、ぜいたくな感じがする。裕福な家の息子かも知れない。

（だが、夏休みに、卒論というのも、不思議な感じだ）

とも、思った。

と、すると、修士課程の研究論文を、書いていたのではないかという気もしてきた。

卒論というのは、旅館の支配人の勝手な思い込みで、岡本卓郎というのは、大学院生で、その時、修士課程の論文を書きに来ていたのではないのか。

（だが――）

ここで、壁にぶつかってしまうのだ。

十津川の推測が当っていて、相手は、大学院生で、修士課程の論文を書きに、由布院に来ていたのだとしても、どこの大学院の岡本という学生なのか、いぜんとして、探しようがなかった。

「もし、この岡本という人について、何か、思い出したことがあったら、すぐ、知らせて下さい」

と、十津川は、旅館の支配人に、いい、自分の携帯電話の番号を、メモして、渡した。

4

警察署に戻ると、十津川は、竹下警部に会い、クラーク夫婦の所持品を、見せて貰うことにした。

　十津川が、特に見たかったのは、加奈子の携帯電話だった。

　クラークのものと、二つを、見せて貰った。

　同じ機種である。

「被害者の方の携帯ですが、交信記録は調べましたか？」

　と、十津川は、きいた。

「今、調べています。クラークのものもです」

　竹下は、ちょっと、むっとした顔で、肯いた。本庁の刑事に、捜査方法について、あれこれ、いわれることはないと、思ったのだろう。

「わかりましたら、ぜひ、見せて下さい」

　と、十津川は、頼んだ。

「クラークは、日本へ来て、柔道をならっていたようですね」

　と、今度は、逆に、竹下が、きいた。

「それが、何か、事件と関係があるんですか？」

「被害者の首を絞めるのに、役立ったのではないかと、思いましてね」

　竹下は、そんなことをいう。

　クラークを犯人と決めつけての発言だった。

十津川は、苦笑した。

「殺された加奈子さんは、別に運動選手じゃありませんよ。普通の男なら、首を絞めて、殺すことは、出来たと思いますよ」

「それはそうですが、クラークにとって、不利であることは間違いないと思いますがね」

「彼が、犯人ならばですね」

「十津川さんは、彼の友人なので、どうしても、身びいきになって、事件を見ているんじゃありませんかね。冷静に見れば、夫のクラーク以外に、犯人がいないことは、誰の眼にも、はっきりしていますよ」

と、竹下は、いう。

「とにかく、加奈子さんの携帯の交信記録がわかったら、すぐ、連絡して下さい」

十津川は、それだけ頼んで、妻の直子の待つ旅館に帰った。

遅めの夕食を、直子と二人で、旅館でとる。

「クラークに会って来たよ」

と、十津川は、まず、いった。

「元気だった？」

と、直子が、きく。

「さすがに、疲れ切った顔をしていたよ。なぜ、自分が疑われるのか、わからないと、いっていた」

「そうでしょうね。私たち日本人だって、警察に捕《つかま》ったら、心細くなるんだから、彼は、猶更《なおさら》よね。孤立感が強くなって、当然だわ。何とか、釈放に、持っていけないの？」

「私には、その力はない。出来ることは、何とかして、彼の無実の証拠を見つけ出すか、真犯人を見つけるかのどちらかだ」

と、十津川は、いった。

「出来るの？」

「わからないが、少しずつ調べているんだ。例えば、加奈子さんは、五年前、大学四年の時、この由布院に来ていた。泊ったのも、同じFホテルでね。その時、同じく、ここに来ていた岡本という男と、恋に落ちている」

「へえ。じゃあ、彼女にとって、由布院は、思い出の地だったんだ」

「相手の岡本は、どうやら、その時、大学院生だったらしい」

「その恋は、結局、上手くいかなかったんでしょう？　上手くいってれば、彼女は、その人と結婚しているものね」

「そうらしい」

「それで、あなたは、その時の岡本という人が、犯人だと思うの？　でも、五年も前のことなんでしょう？　その時彼女に、ふられた腹いせを、今になって、晴らしたっていうの？　それは、考えにくいわ」

「私だって、簡単に、そんなことを、考えてないよ。ただ、クラーク以外にも、容疑者らしいものはいるのだということがわかっただけでも、進歩だと思っているんだ」

「五年前というと、確か、あなたも、仕事で、この由布院に来ていたんじゃなかったかしら？」

　と、直子が、きく。

　十津川は、肯いた。

「不思議なめぐり合せだと思うんだが、五年前の七月に、私は、カメさんと、犯人を追って、この由布院に来た。七月の六日と七日だった。だから、その時、この町の何処かで、加奈子さんに会っているかも知れないんだよ」

「泊ったホテル、旅館は、同じじゃなかったの？」

「それは、残念ながら、別だった」

「じゃあ、会ってない可能性が強いし、偶然、会ったとしても、それが、事件と、どう関係してくるの？」

　と、直子は、きく。

　十津川は、箸《はし》を止めて、宙に、視線をやった。

「わからない。何の意味もないかも知れないし、何か、意味を持ってくるのかも知れないからね」

夕食をすませて、二人で、コーヒーを飲んでいるところへ、県警の竹下警部から、十津川の携帯に、連絡が入った。

「加奈子の携帯の発信、受信の両方の記録が、手に入りましたので、FAXで、そちらに送ります」

と、竹下がいった。

フロントの方で、FAXを、受信する音が聞こえた。

直子が、それを、持って来た。

加奈子が携帯電話でかけた交信記録である。

「面白いのは――」

と、十津川は、それを見ながら、いった。

「四月十七日の午前中に、五回、集中してかけているんだ。その他のときは、一回もかけていない」

「確かに、そうね。でも、他の時は、彼女は、クラークさんと一緒だったんだから、ひとりの時に、電話するのは、当然じゃないの」

直子が、いった。

「確かに、君のいう通りだが、この五回は、全て、同じ電話番号にかけているんだ。しかも、前の三回は、非常に短く、あとの二回は、長い。八分と、十二分なんだ」

「前の三回は、多分、相手がいなくて、留守電だったんだと思うわ。それで、伝言を入れたのよ。あとの二回は、相手がいて、きちんと話したんだわ」

「なるほどね。この東京のナンバーが、いったい何者なのか、まず、それを知りたいな」

十津川は、自分の携帯で、問題の数字を、押して、いった。

相手が出た。が、それは、留守電だった。


〈ただいま、仕事で外出しております。ご用のある方は、信号音が鳴ったあと、用件を話して下さい〉


十津川は、その男の声を、直子にも聞かせてから、今度は、亀井にかけた。

「カメさんに、お願いがある。この電話番号の男が、何者なのか、至急、調べて欲しいんだよ。仕事、人柄、何でもいい。それから、加奈子・クラークという女と、どんな関係があるのかをだ」

「至急、調べます」

と、亀井は、いった。

夜おそくなって、亀井から、電話が入った。

「例の電話の主がわかりました。有田工房という翻訳の仕事をしている小さな会社で、その社長が有田公一。この社長室の電話番号です」

と、亀井は、いう。

「翻訳の会社か？」

「出版社と、翻訳者の仲介の仕事です。行って来ましたが、もう閉っていましたので、明日、もう一度、会いに行って来るつもりです」

と、亀井は、いった。

「どの程度の、仕事をしている会社なんだ？」

「社員は、四、五人だということですが、それも、明日、確認します」

十津川は、きいた。

「翻訳の仕事の仲介業者か」

「そうです」

十津川は、少しばかり、失望した。直子も、

「それなら、加奈子さんが、電話していても、おかしくないわ。加奈子さんは、翻訳の仕事をしているんだから」

「だが、夫婦で、やっていたんだよ。夫のクラークと一緒にね。それなら、彼女は、夫と一緒の時にかければいいんじゃないか。なぜ、彼女ひとりの時に、かけたんだろう？　し

かも、五回もだ」

「でも、彼女が、ひとりで引き受けた仕事もあるんじゃないの？　その仕事で、電話したのなら、別に、不思議はないわ」

と、直子は、いった。

「それは、明日になればわかるよ」

十津川は、浮かない顔で、いった。亀井が、明日、有田という男と会って話を聞けば、わかることだろう。

「その通りだけど、元気がないわね。真犯人は、すぐ、見つかって、ミスター・クラークは、釈放されるわよ」

「そのことには、別に、自信を、失《な》くしたわけじゃないよ」

「じゃあ、どうしたの？」

「私は、クラークを、どれだけ知っているかを、改めて考えたんだよ。彼のために、ここの県警を説得しなければならなかったからね。ただ、殺人なんか出来る男じゃないといっても、それだけでは、説得力に欠ける。彼が、そんな男じゃないことを、具体的に示さなければならないと思ったら、私は、彼のことを、ほとんど知らないことに気がついたんだよ」

と、十津川は、いった。

「そんなことはないでしょう？　あなたは、彼と、お友だちとして、つき合って来たんだし、私だって、あの夫婦と親しく、つき合って来たわ。だからこそ、こうして、彼を助けようとして、由布院へ来たんじゃないの」

「しかし、君だって、クラークの子供の頃のことは、知らないだろう？」

「そんなの当り前じゃないの。私も、あなたも、彼が一年前に、日本へ来てから後《あと》の、つき合いなんだから」

「その当り前のことに、気がついたということなんだよ。私が、初めて、クラークに会ったのは、五ヵ月前だ。加奈子さんと結婚した直後だ。たった、五ヵ月のつき合いで、それも、いつも顔を合わせていたわけじゃない」

「それだって、当り前じゃないの。お互いに、仕事を、持っているんだから」

「私は、クラークが、好きだ」

「私もよ」

「だが、彼は、アメリカにいた時、事件を起こしているかも知れない。前科があるかも知れない」

「何をいってるの、あなた」

「もし、彼が、アメリカで、殺人を犯していて、日本へ逃げて来て、何くわぬ顔で結婚していたとしたら、それが、もし、わかったら、私も君も、彼を、立派な男だとか、好きだとは、いわなくなる筈だ」

と、十津川は、いった。

「まるで、彼が、アメリカで、人を殺したみたいないい方じゃないの」

直子の声が、険《けわ》しくなった。

「私は、彼について、何も知らないということを、いいたいんだよ。彼は、今、三十歳だ。その中《うち》の二十九年は、アメリカで生活して来た。その二十九年間について、何も知らないんだから、何も知らないのと同じだよ」

と、十津川は、いった。

5

五ヵ月前、たまたま、山手線《やまのて》に乗っていた十津川は、外国人から、手提《てさ》げカバンを引ったくって逃げる男を目撃し、その男を、逮捕した。

その時の被害者が、クラークで、カバンの中には、新婚の妻、加奈子と二人で翻訳した原稿が入っていたのである。

それが、クラークと、初めて会った時の事情だった。

それ以来の、つき合いである。

十津川は、お礼に、クラーク夫妻の翻訳した童話を、プレゼントされた。

その童話の素晴しさに、十津川の妻の直子も、感動し、家族同士のつき合いにもなっていったのである。

クラーク夫婦は、アメリカの隠れた名作を、日本語に翻訳する一方、日本の小説などを、英訳して、アメリカに紹介した。

十津川の眼には、クラークは、さわやかなアメリカ青年に映っていたのだ。

彼が、どんな過去を持っているのか、十津川は、考えたこともなかった。そんなことは、どうでもいい気分でもあったのである。

大学で、クラークは、日本語を習い、日本について勉強し、本当の日本を知りたくなって、一年前に、日本にやって来た。

クラークは、そういい、十津川は、そのまま、信じて来たのである。

クラークは、加奈子に対して、一目惚れだったと語り、それも、十津川は、信じた。信じられない理由も、なかったからである。

二人の仲を疑ったことは、一度もなかった。

だが、本当に、二人の夫婦仲が良かったかどうか、これも、十津川が、ただ信じてきたことなのである。

クラークについてだけではない。加奈子のことは、もっと知らないといっても良かった。

だから、五年前、加奈子が、この由布院で、岡本という男と、恋をしたという話も、初耳だったのだ。

翌日の昼過ぎになって、亀井から、電話が入った。

「午前十一時に、有田工房に行って、社長の有田に会って来ました」

「それで、わかったことを教えてくれ」

「有田は、四十六歳で、彼自身、ひとりで、翻訳の仕事をしていたんですが、二年前に、今の会社を作りました。社員は、社長の有田も含めて、四人です」

「結婚しているのか？」

「しています。五歳年下のみゆきという奥さんがいます。子供はいません。好きなものは、酒と旅行だそうです」

「殺された加奈子との関係は？」

と、十津川は、きいた。

「最初は、何もないといっていましたが、電話のことをいうと、翻訳を頼んだことがあると、話してくれました」

「翻訳をね」

「仕事上のつき合いだけだとも、いっています」

「電話の件は、どういってるんだ？」

「四月十七日の午前中、加奈子さんが、あなたに電話していることは、わかっているというと、有田は、ちょっと、顔色を変えました。そのあと、彼女から、電話があったことを認めました」

「電話の内容は？」

「少しお金が欲しいので、売れる小説の翻訳をさせてくれと、いったそうです」

と、亀井は、いった。

「売れる小説の翻訳って、どういうことなんだ？」

「自分の翻訳したアメリカの小説が、ベストセラーになれば、翻訳者も、印税が、余計に入るわけです」

「初めから、売れる小説かどうかなんて、わからないんじゃないのかね？」

「その小説が、アメリカで映画になり、それが日本で公開されれば、原作も、間違いなく、ベストセラーになるそうです」

「なるほどね」

「ところが、そういう小説は、大きな出版社が、大金を出して、権利を買ってしまうので、有田工房のような小さな社は、なかなか、権利が、手に入らないと、いっていました。それで、加奈子さんから、具体的な作品の提案もあり、話し合ったが、結局、難しいと、返事をしたといっていました」

「それで、彼女は、納得したのかね？」

「有田は、納得して貰ったと、いっています」

「その電話の会話は、録音されているのかね？」

と、十津川は、きいた。

「それは、ないと、いっていました」

「そうだな。一般の会社が、いちいち、電話を録音している筈がないな」

「そうなんです。それに、彼女の方は、死んでしまっていますから、十七日の電話の件は、有田社長の言葉を、信じざるを得ないんです」

と、亀井は、いった。

「その社長は、クラークのことも、知っているんだろうね？」

「もちろん、知っていると、いっていました。夫婦で、有田工房が廻した小説の翻訳もしているわけですから」

「両者の間に、もめごとは、なかったのかね？」

と、十津川は、きいた。

「有田は、なかったと、いっています。もちろん、彼の言葉を、一方的に信じることは、出来ませんが」

「わかった。カメさんには、もう一つ、調べて貰いたいことがあるんだよ」

と、十津川は、いった。

「どんなことですか？」

「岡本卓郎という男のことを調べて欲しい。五年前の七月に、由布院へ行き、そこで、加奈子と愛し合った男なんだ。東京の大学に、その頃いたというが、私は、大学院じゃないかと、思っている」

「どこの大学かは、わかっているんですか？」

「いや。東京の大学としか、わからないんだ。色白で、身長一八〇センチ前後ともいわれているが、これも、はっきりしているわけじゃない」

「五年前の七月――ですか」

と、亀井は、呟いてから、

「五年前の七月というと、確か、われわれも、由布院へ行ってたんじゃありませんか」

「カメさんも、思い出したか」

と、十津川は、ひとりで、微笑した。

「思い出しますよ。あれは、警部と二人で、犯人を、由布院から熊本まで、追いかけたんですから」

「そうなんだが、今度の事件とは、何の関係もないだろうと、思っている。五年前、私たちが、加奈子や、岡本卓郎に会っているという証拠は、何もないんだからね」

「確かに、そうでした。会っていたら、それは奇跡みたいなものですから」

と、亀井は、いった。

翌日、警察署に行き、再度、クラークに会いたいと告げると、県警の竹下警部は、一枚の英文の文書を取り出して、十津川に見せつけた。

「これが、何だかわかりますか？　実は、クラークについて、アメリカの警察に問い合せていたことに対する返事なんですよ。彼が生まれたニュージャージーの警察の回答です。何と書いてあると思います。クラークは、十三歳の時、実の母親を射殺したと書いてあるんです」

「母親を射殺した？　本当ですか？」

「この古い新聞のコピーも、送信されてきましたから、間違いありません」

竹下は、その新聞記事のコピーも、十津川に見せた。

間違いなく、「母親を殺した十三歳の少年」の文字が見えた。

警察の方の文書には、ロナルド・E・クラークの実名が出ている。

十津川の頭の中が、シロくなった。

（クラークについて、何も知らなかったのだ）

昨夜の直子との会話のことがあるので、改めてそう思った。

そんな十津川の気持ちに、竹下は、追い打ちをかけるように、

「十津川さんは、クラークの友人といわれるが、こんなことがあったとは、ご存知なかっ

たようですな」

と、いった。

確かに、その通りだから、十津川は、反論することが、出来ない。

「地検の検事も、この報告書を見て、クラークの起訴に、自信を持ったようでしてね。明日中に、われわれとしては、クラークを、送検するつもりでいます」

と、竹下は、いった。

第二章　白骨死体

1

三鷹《みたか》市新川《しんかわ》で、マンション建設騒動が、持ち上っていた。

古い農家を買い取ったM不動産が、八百坪の敷地に、二十五階建のマンションを建設すると、発表したからである。

M不動産は、一年前に、この農家を買収していたのだが、その時は、そこに、マンションを建てることは、発表していなかった。

今になって、資金の都合がついたので、突然、計画を発表し、三鷹市も、建設許可を出したのである。

近くに住む住民にとって、寝耳に水だったから、当然、反対の声があがった。

この騒ぎが始まったのが、一ヵ月前だった。

その間に、M不動産は、古い農家を取りこわし、地質調査のために、八百坪の土地の数ヵ所で、ボーリングを始めたのである。

住民たちは、市役所へ工事の中止を要請すると共に、工事用車両が出入りするのを防ごうと、その土地に通じる道路に、バリケードを作った。

M不動産側は、業務妨害で、住民たちを告訴し、ボーリング作業を続行した。

土地の中央部分をボーリングしていた作業員は、採取した土の中に、人間の白骨が混ざっているのを発見した。

実直な作業員だったので、彼は、そのことを、警察に届けた。

三鷹署の警官が、やって来て、その周辺を、掘り返すことになった。

その結果、身長一八〇センチ前後の男の白骨が、出て来た。

もし、作業員が、警察に届けてなかったら、M不動産は、その白骨のことを、無視しようとしたかも知れない。工事が、いやでも、遅れるからである。

しかし、警察が、介入して来てしまったし、住民たちの監視小屋があって、そこから、何人かの住民が、交代で、ボーリングの模様を、監視していたのである。

その上、白骨の頭蓋骨《ずがいこつ》の部分に、穴があいているのがわかり、白骨の主が殺された可能性が、出てきた。

こうなると、ボーリング作業は、全面的に中止され、警察は、ロープを張り、本格的に、捜査を始めることになった。

白骨が出た周辺の地面は、掘り返され、身元がわかるものを、探す作業となった。

鑑識課員は、地面に座り込むようにして、探した。

並行して、白骨死体の司法解剖も行われた。

その結果、死因は、スパナか、ハンマーといった鈍器で、頭部を何回も強打され、頭蓋骨の二ヵ所に穴があいたためであろうということだった。

問題の死亡推定時刻は、半年前頃だろうと、推測された。

M不動産は、その更に、六ヵ月前に、農家を買収しており、約一年間にわたって、空家になっていたのである。

従って、元の持主と、その家族の白骨とは考えられなかったし、警察が調べたところ、鈴木家という、農家の家族に、行方不明者が、ないこともわかった。

何者かが、空家となった農家に入り込み、そこで殺されたということになってくる。

白骨が見つかった場所は、母屋の広間が、あったところだった。

そこで、男は、殺され、犯人は、床下を掘って裸の死体を埋めたに違いない。

問題は、何よりも、白骨死体の身元である。

それが、わからなければ、捜査は、一歩も、動かないからである。

八百坪の土地を、全て、掘り返した結果、白骨が、見つかった場所から、五メートルほど離れた場所から、大量の燃えカスが、見つかった。

農家があった時の間取りを調べると、そこはキッチンが、あった場所だった。

犯人は、そこで、被害者の衣服などを燃やして、これも、地中に、埋めたのではないか。

それだけ、犯人は、殺した相手の身元を、隠そうとしていたのだと、考えられる。

鑑識は、発見された燃えカスを、集めて、持ち帰り、ふるいにかけ、分析した。

灯油が燃えた痕跡《こんせき》も見つかった。

ただ、犯人は、時間に追われていたのか、完全に燃焼しないままに、地中に埋めた部分も見つかった。それが、被害者特定の手掛りになった。

たとえば、革のベルトは、焼けてしまって、跡かたもなくなっていたが、金属のバックルは、焦げたが、残っていた。犯人は、こんなものは、手掛りにならないだろうと、そのまま、埋めてしまったのだろうが、そこに彫られていた模様は、「西京50」の文字と、その文字を囲む形のサクラのマークである。

犯人は、この模様に、たいした注意を払わなかったのだろうが、知る人が見れば、西京大学の記念バックルだと、わかるのである。

警察は、その線から、調べていった。

このバックルは、西京大学創立五十周年の時に作られたもので、在校生と、ＯＢ用では、サクラの模様が、微妙に違っているという。

「これは、ＯＢ用に、注文者にだけ、売却したものです」

と、西京大学の事務局は、いった。

数も少いという。

もちろん、少しといっても、その数は、八百人を超えていた。

警察は、購入者名簿を借り、その一人一人を、丹念に、当っていった。

根気のいる仕事だったが、と、いって、珍しい仕事でもなかった。何万点ものナイフや、靴に当ったこともある。

一週間後には、とうとう、殺された男に、辿《たど》りついた。

このバックルの持主の名前も判明した。


〈岡本卓郎〉


これが、その男の名前だった。

西京大学の大学院を卒業し、現在二十八歳の筈《はず》であった。

西京大学院を卒業後、K物産に入社し、営業三課の課長になっていた。

ただ、独身で、中野のマンション暮らしだったが、去年の十月十五日から、会社も、無断欠勤し、マンションにも帰っていないので、家族から、捜索願いが、出されていたのである。

その岡本卓郎らしい。

白骨は、身長一八〇センチで、捜索願いに書かれていた背恰好とも、一致していた。

2

十津川が、この事件の捜査を担当することになったのは、クラークの事件で、岡本卓郎の名前が、出ていたからである。

十津川は、正直にいって、気が進まなかった。

クラークが、無実なら、彼の妻、加奈子を殺した真犯人として、十津川は、彼女と五年前に親しかった岡本卓郎という男を考え、亀井たちに、この男について、調べてくれるように、頼んでいたのである。

その岡本卓郎が、六ヵ月前に、すでに死んでいたとなると、クラークを助ける糸が、一本切れたことになるのだ。

この事件の捜査は、今の十津川にとって、糸が切れたことを証明することにもなってくるのである。

クラークを助ける仕事は、ひとまず、妻の直子と、弁護士に委《まか》せて、十津川は、東京に戻り、この殺人事件に、没頭することになった。

捜査本部には、岡本卓郎の写真が、ピンで止められ、彼の略歴が、黒板に、書き込まれていった。

「物盗りの犯行とは思えないな」

と、十津川は、亀井刑事たちに、いった。

「犯人は、岡本を、廃屋になった農家に連れ込み、ハンマーか、スパナで、頭部を強打して、殺した。そのあと、身元を隠すために、裸にして埋め、衣服などは灯油をかけて灰にしたが、ベルトのバックルだけは、焼け残った。犯人は、まさか、バックルから、身元が割れるとは思わなかったんだろう。とにかく、行きずりの殺人なら、犯人は、こんな面倒なことは、やらない筈だ」

「痴情でしょうか？」

亀井が、いった。

「或《ある》いは、金銭トラブルか」

と、呟《つぶや》いてから、十津川は、

「この両方の線を洗ってみてくれ。或いは、この二つが、絡み合っているかも知れない」

刑事たちは、二つに分けられ、片方は、岡本の女性関係を、もう一つの班は岡本の経済面を、調べることになった。

岡本卓郎は、K物産の常務である岡本伸介と保子の間に、次男として、生れていた。

学生時代は、ラグビー部に入っていたが、選手として、大きな大会に出たことはなかった。

むしろ、詩を読んだり、旅行好きの文学青年的な面が、強かったという。

大学院で、経営学を学び、父親と同じ、K物産に入社した。

文字通り、エリートコースに乗った人生に見えた。

「岡本家というのは、もともと、資産家で、彼が、二十六歳の時、父親が亡くなりましたが、その時、彼と、兄の肇《はじめ》に残された遺産は、三十億近かったといわれています」

と、西本刑事が、十津川に、報告した。

「中野のマンションは、どうなってるんだ？」

「彼がK物産に入社した時、まだ、存命だった父親が、買い与えたもので、岡本卓郎の名義になっています。その時の購入価格は、六千万円です」

「彼の金銭面に、問題は、なかったのか？」

「亡くなった頃の彼の収入は、ボーナスを合せて、約九百万円。悪くはありません。貯金額は、四百六十万円。これも、二十八歳としては平均的な額だと思います。借金は、これまで調べた限りでは、ありません。車は、ベンツのE230に乗っていましたが、この車は、マンションの車庫に入ったままです」

と、西本は、いった。

「入ったまま？　と、いうことは、三鷹の現場まで、彼は自分の車に乗っていかなかったということかね？」

「犯人が、返しに来たということも考えられます。事件を隠すためにです」

「念のために、車内の指紋を採《と》っておいてくれ」

と、十津川は、いった。

岡本の女性関係を調べていた三田村と、北条早苗の二人の刑事は、岡本の会社の同僚の井上から、こんな話を聞いた。

「奴は、背は高くて、恰好いいし、資産家の息子だから、アタックしてくる女子社員も何人かいたんですよ。ところが、なぜか、それに、応じようとしない。みんな不思議がっていましたよ」

「それで、理由は、わかったんですか？」

三田村が、きいた。

「詳しくは、わからないんですが、彼が、学生時代、旅行先で、たまたま知り合った女性を、今でも、忘れられないんだというんです。父親の猛反対で、別れてしまったらしいですけど。少しばかり、ロマンチックすぎる話ですが、奴なら、あり得ない話じゃないと思いましたね。ロマンチックなことが、好きな男ですから」

と、井上は、いう。

「その女性のことを、詳しく知りたいですね」

と、早苗が、いった。

「神崎なら知っているかも知れません」

「神崎というのは、どういう人ですか？」

三田村が、きいた。

「奴と同じ大学の卒業生で、R観光で働いている男だと聞いています。よく、旅行の話をしているらしいですよ。僕も、確か、海外旅行へ行ったとき、切符の手配をして貰いました」

と、井上は、いう。

三田村と、早苗は、R観光に廻り、神崎という社員に会った。

「ニュースを聞いて、本当に驚いています」

と、神崎は、二人に会うなり、その言葉を口にした。

「殺された岡本さんが、ロマンチックな夢を持っていたと聞いたんですが、その相手を、神崎さんは、よく、知っていらっしゃるとか」

三田村が、いうと、神崎は、一瞬、当惑の表情になって、

「僕としては、死んだ友人のことは、嫌なことは、話したくないんですがね」

「岡本さんが、傷つくことなんですか？」

早苗は、じっと、相手を見つめて、きいた。

「ちょっとだけですがね」

「殺人事件なので、ぜひとも、話して頂きたいんですよ」

と、三田村は、いった。

それで、神崎は、決心がついたように、

「実は、岡本の奴、前々から、何年も前に、旅先で会った女性が、忘れられないと、いっていたんですよ。その女に、偶然、再会したんです」

「何年かぶりにですか？」

確かめるように、早苗が、きく。

「そうなんですよ。あいつは、一途《いちず》なところがありましてね。やたらに、感動しているんですよ。僕は、心配になって、忠告したんです。何年もたっていれば、人間は、変る。お前が、どんな、ロマンチックな思い出を持っていたとしても、相手は、お前と同じように、思い続けているとは限らない。その後、結婚したかも知れないじゃないかって、いったんです」

「そうしたら、岡本さんは、何といったんです？」

と、三田村が、きいた。

「彼女は、結婚していないというんです。聞いたのかといったら、結婚指輪をしていなかったというんですよ。そんなことで、といったら、何年かぶりに会って、いきなり、結婚していますかって、聞けないだろうと、いっていましたよ」

「それで、どうなったんですか？　岡本さんと、彼女の関係ですが」

と、三田村は、きいた。

「岡本は、そのあと、私立探偵に頼んで、彼女のことを調べさせたんですよ。そしたら、結婚してないことはわかったが、恋人が、いたんです。当り前ですよね。年頃だし、魅力的な女性なんだから、恋人がいても、おかしくはないんです」

「だが、岡本さんは、諦《あきら》めなかったんですね？」

と、早苗は、きいた。

「そうなんですよ。だから、僕は、いったんですよ。ストーカーみたいなことはやるなって。自分も傷つくし、相手の女性も、傷つけるからなって」

神崎は、溜息をついた。

「そのあとは？」

「わかりません。岡本が、いなくなってしまいましたから」

と、神崎は、いう。

「具体的に、いつのことですか？　岡本さんが、彼女に再会したのは」

と、早苗は、きいた。

「確か、去年の九月頃です。四年何ヵ月ぶりかに、会ったと、いっていました」

「旅先で会ったといいますが、その場所は、わかりますか」

「由布院だといってました」

「やっぱり」

と、三田村と、早苗は、同時に、肯《うなず》いた。

「やっぱりと、いうのは、どういうことですか？」

今度は、神崎が、首をかしげた。

「相手の名前は、加奈子というんじゃありません？」

と、早苗は、きいた。

神崎は、眉をひそめて、

「なんだ。知ってらっしゃったんですか」

「そうじゃないかと、思っていたんです」

とだけ、三田村は、いった。

3

「嫌な報告になります」

と、三田村と、早苗は、揃って、十津川に、いった。

「どういうことだ？」

「岡本卓郎の女性関係を調べていたら、五年前の由布院のことが、出て来ました。彼が、大学院生の頃で、たまたま、そこで、出会った女性を好きになりました」

「加奈子のことだな」

「そうです。岡本は、その後も、彼女のことを忘れられずにいたそうです」

「それで？」

「去年の九月に、偶然、彼女に会い、また、夢中になったようなのです」

「その頃、彼女は、クラークと、つき合っていて、結婚の直前だったと思うんだが」

「そうだと思います。岡本は、彼女に新しい恋人がいるのを知りながら、自分のものにしようとしたのではないかと思うのです。彼の友人は、彼が、そのために、ストーカー行為に走ることを心配していましたが、そのうちに、彼が、いなくなってしまったと、いっています」

と、三田村は、いった。

「岡本が、加奈子に対して、ストーカーになったとすると、当然、彼女の恋人のクラークと、争いになった筈だが」

「そう思います。それで、われわれは——」

と、三田村が、いいかけるのを、十津川は、手で制して、

「もういい。わかった」

と、いった。

三田村と、早苗が、心配して、亀井に話したらしく、彼が、やって来て、

「聞きました」

と、十津川に、いった。

「岡本の女性関係のことだろう」

「それに、ミスター・クラークの奥さんとのこともです。しかし、ミスター・クラークが、岡本を殺したとは、限らないと、私は、思います。何しろ、六ヵ月前の事件なんですから」

「私は、別に、心配してはいないよ」

「それなら、いいんですが」

「カメさんも、心配してくれたのか」

「警部のお友だちにとっては、いいニュースとは、思えませんでしたから」

と、亀井は、いう。

「確かに、悪い知らせだが、私は、クラークを信じているんだ。簡単に、人を殺すような男じゃないんだよ」

十津川は、自分に、いい聞かせるように、いった。

彼が、今、滅入っているのは、岡本卓郎の死に、クラークが、絡んでいるかも知れないという恐れのためではなく、ここに来て、自分が、彼のことを、ほとんど知らないのだと

いう思いのためだった。

事件が、起きる前まで、十津川は、クラークを、人の好《い》いアメリカ人と思っていた。日本が好きで、大学では日本について勉強し、日本にやって来て、日本女性と結婚した。それだけでも、親日家の好青年という印象を持つ。

普通につき合っている分には、それで、十分だったのだが、クラークが、妻殺しの容疑者になってしまうと、事は、そう簡単ではなくなってくる。

十津川が、一番に感じたことは、クラークについて、何も知らなかったということだった。そのことに、愕然《がくぜん》としたといってもいい。

それまでは、クラークについて、いろいろと知っているつもりだった。

ニュージャージーの生れで、何処《どこ》かの州立大学を卒業した。大学では、日本について勉強し、実際の日本で、生活してみたくなって、来日。そこで、翻訳の仕事をしている加奈子と知り合い、恋に落ち結婚した。

二人が、共同して、翻訳した童話や小説などを読んだこともある。

今までは、これだけ知っていれば、十分だったが、殺人事件の容疑者となり、その彼を、救おうとすれば、これでは、何も知らないのと等しいことを、知った。

クラークが、幼い時、母親を殺したことがあったなどということは、全く知らなかった。

もちろん、知らなかったことは、十津川の罪ではない。第一、たまたま友人になった相手に、前科がありますかと聞くなどということは、出来るものではないだろう。

しかし、その友人が、殺人容疑者になり、それを、かばう立場になれば、彼の過去を知らなかったということは、罪になってくるのだ。

これから、クラークの無実を証明しようとしたら、アメリカに行き、彼の過去を、全て調べてみなければならないだろうが、現職の刑事である十津川に、それが、許されるのかどうか。

十津川は、由布院にいる妻の直子に、電話をかけた。

「君に、アメリカへ行って欲しい」

「クラークのことを調べるのね」

「私も、君も、彼のことを、ほとんど、知らないんだ」

「彼は、人殺しなんか出来る人間じゃない。それは、あなただって、わかっている筈だわ」

と、直子は、いう。

「それは、君の直感だろう」

「ええ……」

「今は、殺人の容疑者とされているんだ。県警は、確信を持って、クラークが犯人だと考えている。その彼を救うには、直感だけでは、無理だよ」

「だから、アメリカへ行って、彼の過去を調べるの？」

「そうだ。東京で、彼に不利な事件が、出てしまったんだよ」

十津川は、白骨死体が、岡本卓郎だとわかった経緯について、話して、聞かせた。

それでも、直子は、

「それだって、クラークが、関係しているかどうか、わからないんでしょう？」

と、怒った口調で、反発してきた。

「もちろん、まだ、何ともいえない。しかし、これから、捜査を進めていけば、加奈子さんの名前が出てくるし、クラークの名前だって、当然、出てくる」

「岡本卓郎という人が、加奈子さんに、ストーカー行為を働いて、それに腹を立てたクラークが、岡本卓郎を殺したっていうことになってくるの？」

「その可能性が、ある」

「バカなことをいわないでよ。今、彼は、妻殺しの濡衣を着せられているのよ。その上、六ヵ月前に、別の殺人を犯しているというの？　そんなこと、絶対にあり得ないわ」

「だがね。六ヵ月前に起きた殺人について、クラークは、不利な立場に立っているんだよ」

と、十津川は、いった。

「なぜ？」

「この事件で、犯人は、殺した岡本卓郎の身元を隠そうとして、死体を裸にして、地中に埋め、衣服などには、灯油をかけて、燃やしているんだ」

「ええ」

「ただ、ズボンのベルトのバックルは、焦げたが、そのまま残っていて、そのバックルの文字から、身元が割れてしまった」

「それが、どう、クラークに結びついてくるというの？」

「バックルは、岡本の卒業した西京大学の記念のもので、『西京』という文字が、デザインされていたんだ。犯人が、日本人だったら、そのバックルの文字から、被害者の身元が、割れるとわかって、バックルは、別に、捨てる筈だ」

「クラークだって、日本語は、堪能だわ」

と、直子が、いう。

「しかし、彼は、話すのは出来るが、漢字を読むのは、苦手で、その面を加奈子さんが、助けて、二人で、協力して、翻訳の仕事を、やってきたことは、君も知っている筈だよ。六ヵ月前といえば、今より、なお、漢字は、苦手だったと、思う。そう思われても、仕方がない」

「あなたも、そう思うの？」

「私は、刑事だ。私情で、クラークを、容疑者から、外すことは、出来ないよ」

と、十津川は、いった。

「わかったわ。アメリカへ行ってくる」

と、直子は、いった。

4

翌日、直子は、パスポートを持つと、すぐ、アメリカへ飛んだ。

十津川の方は、六ヵ月前の事件の解明に、全力をあげた。

現場の再調査と、岡本卓郎という男についての聞き込みである。

十津川と、亀井は、西本たちを連れて、もう一度、岡本のマンションを調べた。

生前の岡本の父親が、六千万円で、彼に買い与えたというマンションである。

部屋の中は、六ヵ月間、不在になっていても、母親が、定期的に掃除をしていたというだけに、きれいになっていた。

「これじゃあ、指紋の検出は、難しいですね」

と、亀井が、いった。

だが、十津川は、鑑識には、指紋の検出を依頼した。岡本の車からは、不審な指紋は、検出されなかったが、この事件では、普通の場合以上に、手続きを、重視したかったのだ。

刑事たちは、2LDKの部屋の隅々まで、丹念に、調べていった。

大きな机の一番下の引出しが、カギが、かかっていて、そこから、部厚い茶封筒が、発見された。

十津川は、その中身を調べた。

まず、出て来たのは、四通の調査報告書だった。M探偵社が、作ったもので、表書には、

〈酒井加奈子に関する調査報告書〉

と、なっていた。

去年の九月十日から、十月十日の一ヵ月間に、四通の調査報告書が出されているのだ。

「一週間に一度か」

と、十津川は、呟いた。

それは、調査を依頼した岡本卓郎の執着心の強さを示しているように思えた。

十津川は、順番に、四通の報告書に、眼を通して、いった。

一通目には、加奈子のことが、主に、書かれていた。

当時の住所、電話番号も、きっちりと書かれ、翻訳の仕事をしていること、最後には、アメリカ人のロナルド・E・クラークという青年と、つき合っていることが、書かれていた。

二通目には、クラークのことが、主に、書かれていた。

彼の写真も、添付されている。多分、岡本が、彼について、調べてくれと、依頼したのだろう。

三通目と、四通目も、クラークのことが、書かれている。

〈クラークの趣味

旅行。柔道。囲碁。

長所と短所

アメリカ人らしい明るさと、フランクさが、好感が持てるが、その一面、激しやすく、来日早々、酔って日本人とケンカをし、二十八歳の青年に、一ヵ月の重傷を負わせたことがある。この時は、ケンカ両成敗ということで（クラークも負傷した）逮捕、送検はされていない〉

といった記述もあった。

クラークの収入も、書かれていた。加奈子と、共同で、翻訳の仕事をしているが、それでは、生活が苦しく、アルバイト的に、子供たちに、英会話を教えているとも、書かれていた。

岡本が、私立探偵に、クラークについて、どんなことでも、報告してくれと、頼んだのだろう。

四通の報告書の他には、何十枚も写真が入っていた。

全て、望遠レンズで、撮ったものだった。

加奈子一人を写したものと、クラークと一緒にいるのを写したものがあった。

他には、五通の手紙。

それは、加奈子宛に届いた封書だった。差出人は、クラークではなかった。

クラークは、漢字が苦手だったから、加奈子へは、電話で、用事をすませていたと思われる。従って、五通の手紙は、加奈子の女友だちや、仕事の上の相手からのものだった。

〈調布市柴崎×丁目
　コーポ柴崎４０６号室
　　酒井加奈子様〉

これが、五通の手紙の宛名である。

加奈子が、独身の時に住んでいた住所だった。

と、いうことは、岡本が、そのマンションの郵便受から、盗んできたものではないのか。

「完全なストーカーじゃないか」

と、十津川は、思った。

加奈子は、それに、迷惑していたら、当然、恋人のクラークに、相談していただろう。

クラークは、恋人を助けるために、岡本に会う。

そして――

どうしても、暗い想像に進んでしまう。岡本は、この通りの執心なら、絶対に、加奈子を諦《あきら》めないと、いうだろう。

そんなことが、何回かあったあと、クラークは、農家の廃屋に、岡本を呼び出し、ハンマーか、スパナで、撲殺《ぼくさつ》してしまったのではないのか。

そのあと、身元が、割れるのを恐れて、死体を地中に埋め、所持品や衣服を、焼いた――

「まだ、そうと、決ったわけじゃありませんよ」

と、亀井が、十津川を励《はげ》ますように、いった。

「他にも、岡本を殺したかった人間が、いる筈です」

「クラーク以上の動機の持主はいるかな？」

十津川は、自信がなかった。

それでも、話を聞くために、亀井と、四谷にあるＭ探偵社に足を運ぶことにした。

　小さな、個人でやっている探偵社だった。岡本は、問題が、問題だけに、大きな探偵社には頼まず、個人の私立探偵に、頼んだのだろう。

　四十五、六歳の山崎という男だった。

「岡本さんのことは、よく覚えていますよ」

　と、いって、山崎は、なぜか、ニヤッとした。

「どうして、よく覚えているんですか？」

　と、十津川は、きいた。

「今どき、あんなに、女に夢中になれるなんて、羨《うら》やましいと、思いましてね」

　山崎は、また、笑った。

「そんなに、夢中でしたか？」

「そうですよ。最初から、酒井加奈子という女について、何でもいいから、とにかく、調べてくれ。金はいくらでも払うって、いうんですよ。あれは、その女に夢中になってる眼でしたよ」

「一ヵ月に、四通の報告書を送っていますね？」

「向うさんが、一週間に一回報告してくれと、いうんですよ。ああ、こんなことも、頼まれましたよ。彼女の所に来ている手紙を読みたいって」

「それで、どうしたんです？」

「つまり、盗んで来いということでしょう。そういう、法律に触《ふ》れることは出来ないと断りましたがね」

と、山崎は、いう。

（それで、自分で、五通も、盗んだのか）

「四通の報告書を書いたあとも、岡本とは、つき合いが、あったのかね？」

と、亀井が、きいた。

「そのあとも、引き続いて、調べてくれといわれていて、五通目の報告書を書いて、電話をかけたら、いないんですよ。その後、何度も連絡を取ろうとしましたが駄目で、それ切りになってしまいました。だから、五通目の調査費用は貰っていないんです」

と、山崎は、口をとがらせた。

「何回か、岡本さんに会っているんですか？」

十津川が、きいた。

「細かい内容の時には、会っていましたよ」

「具体的には、どういう時ですか？」

「酒井加奈子さんの、これこれを調べて欲しいといったときには、それを、箇条書きにして、僕に、話しましたよ。彼は、実に几帳面《きちょうめん》でね」

と、山崎は、いう。

「あなたは、当然、当時の酒井加奈子のことを、よく知っていたことになる」

亀井が、いった。

「そりゃあ、そうですね。一ヵ月にわたって、彼女のことを調べましたからね」

「彼女の恋人のクラークのことも、調べましたね？」

「岡本さんに、調べてくれと、いわれましたからね。ただ、僕は、アメリカまで行って、クラークの、アメリカでのことを調べたわけじゃありませんからね。だから、本当に、調べたといえるかどうか」

「でも、調べた？」

「ええ、一応」

「岡本さんは、クラークの存在を知って、どうなりましたか？」

と、十津川は、きいた。

「僕は、医者や、心理学者じゃないから、岡本さんが、どんな気持だったか、正確にはいえませんがね。ヤキモチを焼いていたことは、確かです。クラークの身辺を、やたらに調べ出してくれといってましたからね。もし、クラークが、不法滞在だったら、アメリカへ追放できるとも、いってましたからね」

「岡本さんの部屋で、酒井加奈子さん宛の手紙が、五通見つかったんですよ。それは、あんたが、岡本卓郎に頼まれて、彼女のマンションの郵便受から、盗み出したものかね？」

亀井が、きくと、山崎は、あわてたように、首を大きく横に振って、

「バカなことをいわないで下さいよ。そんなことをしたら、僕の手が、うしろに回ってしまいますよ。岡本さんが、勝手にやったことです。ああいう一途《いちず》な人は、怖いですねえ」

「クラークの電話番号も調べて、岡本さんに、教えましたか?」

と、十津川は、きいた。

「ええ。調べてくれと、いわれましたからね。携帯の番号もね」

「じゃあ、無言電話も、かけていたかも知れないな」

亀井が、いう。

「かも知れませんが、僕が、あおったわけじゃありませんよ。僕は、いつも、ストーカーみたいなことは、やめなさいと、注意していたんだから」

と、山崎は、いった。

「しかしねえ」

と、亀井は、じろりと、山崎を見て、

「あんたの調査報告書を読むと、まるで、ストーカー行為を、あおっているように見えるんだがね」

「何処がですか?」

山崎は、心外だという顔になった。

「酒井加奈子さんと、クラークの一日の行動を、詳細に、報告しているからだよ。二人が、落ち合う場所とか、利用するコンビニの場所とか、どこの喫茶店で、二人が、どんな会話をしたかとか。これは、近くに座って、録音したのかね？」

「そうですよ。全部、頼まれたから、やったんです。それを、ストーカー行為を、あおったといわれるのは、迷惑ですよ。私立探偵としての仕事をしただけなんだから」

「別に、あんたを、逮捕しようというんじゃない。われわれとしては、事実を知りたいだけなんだよ」

「僕は、嘘なんかついていませんよ」

「われわれが、知りたいのは、岡本卓郎と、クラークの関係なんだ」

「そりゃあ、女を取り合ったライバル同士ですよ」

「二人が会ったことは、あるのかね？」

と、十津川が、きいた。

「会ってますよ」

「なぜ、そういえるんですか？」

「僕に話したんですよ。昨日、アメリカ人に会って来た。あんな外国人は、彼女にふさわしくない。彼女が、傷つくだけだって、興奮して喋《しゃべ》ってましたね」

「それは、いつのことですか？」

「確か、二回目の調査報告書を渡した直後です。僕が、クラークのことを調べて報告したので、彼に、会いに行ったんじゃありませんか」

と、山崎は、いった。

「その後も、二人は、会っていたと、思いますか？」

「と、思いますよ。何度もいいますが、岡本さんの、酒井加奈子さんに対する執心は、強いものでしたからね。何としてでも、彼女を手に入れたい、だから、クラークに、彼女と別れてくれといいに、行ったんだと思いますよ」

「クラークは、それを、承知したんですかね？」

十津川が、きくと、山崎は、笑って、

「承知していたら、岡本さんは、引き続いて、二人のことを調べてくれと、僕に頼まないでしょう。自分の思う通りにならなかったから、僕を雇い続けていたんですよ」

と、いった。

もっともだった。

「岡本さんと、クラークの間は、険悪になっていたと、思いますか？」

十津川は、少しずつ、核心に触れるような質問に変えて、いった。

「もちろん、なっていったでしょうね。僕としては、岡本さんが、早く、彼女を諦めればいいと思っていましたが、どうも、そんな風に、気持の整理はつけられなかったみたいですね」

「酒井加奈子さんに対する思いは、一層、強くなっていたと思いますか?」

「そう思いますね。障害があると、余計に、燃えあがるというやつだと考えますね。クラークのことを話す彼の口調が、どんどん、過激になっていきましたからね」

と、山崎は、いった。

「岡本卓郎は、殺されて、埋められていたんだが、ミスター・クラークの犯行だと、思うかね?」

亀井がきくと、山崎は、眉を寄せて、

「そういわれても、僕は、いわば、当事者の一人だから――」

「じゃあ、質問を変える。ミスター・クラークが犯人と考えても、おかしくはない?」

「それなら、イエスですよ。クラークというアメリカ人が、犯人の可能性は、十分にあると思いますよ。岡本さんは、クラークを、殺してやりたいみたいな口ぶりでしたからね。危いなと、僕も、思っていたんです」

と、山崎は、いうのだ。

大分県警が、この話を聞いたら、間違いなく、クラークが、岡本卓郎を殺したと考えるだろうと、十津川は、思った。

県警の、竹下警部は、こういうだろう。

「クラークは、アメリカで、十三歳の時、母親を殺しています。更に、日本に来てから、一人の女をめぐって、岡本卓郎を殺して、地中に埋めたのです。そんな男が、由布院で、妻の加奈子を殺しても、おかしくはありませんよ」

とである。

岡本卓郎殺しについては、私立探偵の山崎が、証人になるだろう。

（これで、激すると、簡単に、人殺しをするアメリカ人ということになってしまいそうだ）

と、十津川は、思った。

十津川は、一層、暗い、重苦しい気分になってしまった。

5

翌日の深夜に、直子から、電話が、かかった。

「今、ニュージャージーの警察署に来ているの。クラークが、十三歳の時に犯した事件の報告書を、見せて貰ったわ」

と、直子は、いった。

「それで、彼が、十三歳で母親を殺したのは、本当なのか？」

十津川が、きく。

「十三歳のハローウィンの夜、拳銃で、母親を、射殺したと書いてあったわ」

直子が、いう。

十津川は、暗澹《あんたん》とした気分になりながら、

「動機は、何なんだ？」

「それが、悲惨なんだけど、父親は、他に女を作って、家を出てしまい、それが、原因で、母親は麻薬に手を出すようになったのね」

「ジャンキーか」

「そう。彼が、十三歳の時には、母親は時々、幻聴を聞くようになっていた。他人《ひと》が、自分を殺そうとするという幻想にも、とらわれていたというのよ」

「それは、麻薬患者の症状の一つだよ」

と、十津川は、いった。

「クラークには、四歳年下の、九歳の妹がいたんだけど、この夜、母親は、突然、ナイフで、その妹に切りつけたの。血が、飛び散って、凄惨《せいさん》だったらしいわ。クラークは、妹を助けようとして、父親が、置いていった拳銃を取り出して、二発、母親に向けて射ち、殺してしまった。これが、報告書に書かれてあったことよ」

「妹さんは？」

「死亡したわ。クラークは、母親と、妹を、同時に、失ったわけなの」

「それで、クラークは、罪に問われたのか？」

「妹を助けようとしたということと、十三歳ということで、罪には、問われなかったみたいだわ。そのあと、クラークは、サンフランシスコの叔母のところに預けられ、大学を出て、日本へやって来たというわけ」

「動機が、わかって、少しは、ほっとしたよ」

と、十津川は、いった。

「私もよ。ただのわがままで、母親を射殺したんだったら、どうしようかと思っていた。もし、そうだったら、由布院の殺人事件で、向うの警察は、やっぱりと思うでしょうからね」

「これから、どうするんだ？」

「サンフランシスコに行って、クラークを引き取って育てた叔母さんに、会って、彼のことを聞かせて貰うつもりよ。そちらは、どうなの？　クラークにとって、プラスになるものが、見つかった？」

と、直子が、きく。

「残念だが、その反対なんだ。殺された岡本は、加奈子さんに、クラークという恋人がいると知っているのに、ストーカー行為を、繰り返していた。クラークに会って、彼女と別れろといったらしい」

「それで、ケンカになり、岡本卓郎という人を、クラークが、殺して、埋めたということになってくるの？」

「もちろん、私は、そんなことは、あり得ないと思っている。だがね、この話を聞いた人も、大分県警も、クラークが、岡本卓郎を殺したと考えるよ。これは間違いないんだ。そうした時、こちらには、反論できるものがない」

「じゃあ、岡本卓郎と、加奈子さんと、クラークの関係は、大分県警に、内緒にしておいたらいいわ」

と、直子が、いった。

十津川は、受話器を持ったまま、苦笑した。

「私は、刑事だよ。そんなことが、出来るわけがないだろう。今回の事件は、本庁と、大分県警の合同捜査なんだ。お互いに、調べた事実を提供しなければならないんだよ」

と、いった。

「それは、わかってるけど、どんどん、クラークが、追い詰められていくのを見ているのが、辛《つら》いの」

と、直子は、いった。

「私だって、同じだ。明日、私は、もう一度、由布院へ行って、クラークに会ってくる」

と、十津川は、いった。

「会って、岡本卓郎のことを、聞くのね？」

「聞くのが、怖いが、どうしても、彼に、聞いてみたいんだ」

「その時、向うの刑事さんにも会って、東京で調べたことを、全部、話すんでしょう？」

「それは、今もいった通り、大分県警との合同捜査だからだ」

と、十津川は、いった。

夜が明けると、十津川は、ひとり、大分に向った。

竹下警部に会う。クラークは、まだ、送検されず、取調べを受けていた。

十津川は、まず、岡本卓郎についての報告書を見せ、竹下の質問に答えた。

竹下は、意地悪く、

「つまり、岡本卓郎を殺したのは、クラークだという結論になるわけですね？」

と、十津川の顔を見た。

「いや、可能性があるというだけです」

十津川は、訂正した。

竹下は、更に、

「とすると、他にも、容疑者がいるわけですか？」

と、きく。これも、意地の悪い質問だった。

「私の方は、岡本卓郎と、加奈子の二人の関係に絞って捜査したので、クラークの名前が、あがって来ただけです。今、他に、容疑者がいないか、捜査しているところです」

と、十津川は、いった。

竹下も、いい過ぎたと思ったのか、

「わかりました。引き続き、捜査結果を教えて下さい」

と、いった。

「それで、私としては、もう一度、クラークに会いたいと思いましてね」

「結構ですよ」

と、竹下は、肯いた。

十津川は、取調室で、再び、クラークに会った。

前回、面会した時よりも、一層、元気が失くなっているように見えた。

孤独感が、深まっているのだろう。

「東京で、岡本卓郎という男の白骨死体が、見つかりましてね。他殺体です。その事件の捜査を、担当することになりました」

と、十津川は、クラークに向って、いった。

さすがに、クラークの表情が、動いた。

「岡本さんを、知っていますね？」

十津川は、確認するように、きいた。質問しながら、十津川は、クラークの表情を見つめていた。

「オカモト――ですか？」

「知っているんでしょう？」

「ええ。知っていますよ。確か、カナコの関係で、東京で、会ったことがある」

と、クラークは、いった。

「正直にいってくれて、ほっとしました」

と、十津川は、いった。

クラークは、首をかしげて、

「どうして、ほっとしたんですか？　本当のことを、いっただけなのに」

「岡本卓郎という男は、加奈子さんに対して、ストーカーみたいな行動をとっていた。また、あなたを、目の敵《かたき》にしていたことは、わかっているんです。あなたも、彼に、会っていますね？」

「ああ、それで、私が、オカモトさんを、殺したと、疑っているんですね？　トツガワさん。私を信用してないんですか？　私を、助けてくれるんじゃなかったんですか？」

クラークは、十津川を、睨《にら》むように、みた。

「私は、あなたの友人であると同時に、刑事でもあるんです」

と、十津川は、いった。

「だから、何なんです？　私にとっては、あなたも、ナオコさんも、友人です。日本で、信用できる友人です。他に信頼できる友人はいない。刑事だから、味方になれないといわれても、困りますよ」

クラークは、心細げにいう。

「味方になれないとなんか、いっていませんよ。ただ、刑事として、事件を調べなければならないと、いっているんです。あなたが、犯人じゃないのなら、私は、全力をつくして、あなたの無実を証明し、真犯人を逮捕する。そのことを、いっているんです」

「私は、カナコを、殺していない。愛しているんです。殺すことなんか、出来ない」

「岡本卓郎は、どうです？　彼が、加奈子さんに対して、ストーカー行為を働いたことに、かっとして、彼を、殺したんじゃありませんか？」

「殺していない。殺す理由が、ありません！」

クラークは、激しい口調で、いった。

「では、それを、話して下さい」

「何をです？」

「殺す理由がないということの説明ですよ」

と、十津川は、いった。

「理由なんかない。カナコは、私を愛してくれていたんです。私は、オカモトさんとの間では、恋の勝利者だったんですよ。それなのに、どうして、彼を殺さなければならないんですか！」

クラークは、また、大声を出した。

「恋の勝利者ですか」

「そうです。勝利者は、相手に対して、寛大になるものです。だから、殺してない。殺す必要がなかった」

と、クラークは、いった。

第三章　ヒーロー像

1

十津川は、クラークの言葉に納得した。いや、納得とまではいかなかったが、好感を持ったことは、確かだった。

アメリカ人らしいフランクさだと、十津川は受け止めたのだが、大分県警は、逆の印象を受けたようだった。

竹下警部の態度に、それが、はっきりと、表われていた。

クラークとの面会を終えた十津川が、取調室を出てくると、竹下が、待ち受けていた。

「まるで、自分が、恋の勝利者みたいな口ぶりだったでしょう。傲慢《ごうまん》な態度が、私は、気に食わないのですよ」

と、いったことにも、それが、よく、表われていた。

「アメリカ人らしいフランクさで、自分が、恋の敗北者である岡本卓郎を殺す筈がないと主張しているように、私には、思えましたがね」

と、十津川は、いった。

竹下は、苦笑して、

「それは、クラークの話を、百パーセント正しいという前提があってでしょう。私は、彼が、自分に有利なように、嘘をついているとしか、思えないのですよ」

「どこが、嘘だと、いうわけですか？」

「彼は、加奈子が、自分を愛していて、岡本のことなんか、何とも思っていなかったから、彼を殺す必要はなかったと、いっています」

「その通りです」

「しかし、岡本卓郎は、加奈子にとって、初恋の男みたいなものです。男というのは、妻の初恋の男を憎むものですよ。だから、クラークは、嫉妬にかられて、岡本を殺したということだって、十分に、考えられるのです」

「しかし、彼が、殺したという証拠もありませんよ」

「私は、クラークという男が、異常に嫉妬深いと考えているんです。六ヵ月前の事件も、今回の妻殺しも、そうした彼の性格が、引き起こしたと思っています。彼が、加奈子を愛していたことは、私も、疑っていません。ただ、今もいいましたように、彼は異常に嫉妬深く、疑い深いのだと考えています。だから、突然、現われた彼女の昔の恋人に嫉妬し、彼女を奪われてしまうのではないかと思って、殺してしまった。今回、由布院に夫婦で来て、五年前の妻と、岡本との出会いが、この由布院だということを思い出して、また、妻を、疑い出したんですよ」

「しかし、彼女の相手の岡本卓郎は、すでに、死んでしまっているんですよ。死んだ人間に、嫉妬するというのも、おかしなものじゃありませんか」

と、十津川は、いった。

「確かに、そうですが、ある種の男は、死者にも嫉妬すると思いますよ。病的にです。クラークは、妻の加奈子が、この由布院で、岡本卓郎との甘い初恋を思い出したのではないかと、疑ったんですよ。嫉妬にかられて、妻を責めた。彼女は、笑い出す。それで、クラークは、かっとして、殺してしまったんです。私は、そう考えますがね」

「クラークが、そんなに、病的に、嫉妬したり、異常な行動に出たりするとは、とても、考えられませんがねえ」

と、十津川は、いった。

しかし、竹下は、小さく首を横にふって、

「彼が、アメリカで、十三歳の時、母親を射殺したことは、お話ししましたね」

「それは、私も、調べて、真実だということは、知っています。しかし、ジャンキーの母親が、妹に、ナイフで切りつけようとしたので、妹を助けるために、母親を拳銃で射殺したんですよ」

「だが、母親を射殺した十三歳の経験は、トラウマになって、クラークの現在も、支配していると、思っています。それが、異常な性格を作りあげているのだと、私は、思っているのですがね」

　と、竹下は、いった。

「トラウマですか」

「クラークは、十三歳の時、実の母親を射殺したし、妹も結局、亡くなってしまったんです」

「それも、調べました」

「二人の死、それも肉親の死を同時に迎えてしまったんです。しかも、母親の方は、自分が、射殺しているんです。それが、現在の彼に、影響を与えていない筈がありません。これは、私の勝手な推理かも知れませんが、どこかで、人間不信、中でも、女性不信になっているのではないか。だから、妻の加奈子に対しても、不信感があって、殺してしまった」

「まるで、クラークの精神が、病《や》んでいるみたいな、いい方ですね」

　自然に、十津川の顔に、苦笑が浮んでくる。しかし、竹下は、いよいよ、眉をひそめて、

「病んでいるのではないかという疑いを、私は持っていますよ」

　と、いった。

2

アメリカの直子から、夜になって、電話があった。

「今、サンフランシスコ」

「クラークを、引き取った叔母さんには会えたのか？」

と、十津川は、きいた。

「叔母さん夫婦は、二人とも、もう亡くなってしまっていたわ。ただ、弟夫婦が、近くに住んでいたので、会って、いろいろと、話を聞いたわ」

直子が、いう。

「どんな家庭だったんだ？」

「この叔母夫婦というのは、ご主人が、高校の教師で、奥さん、つまりクラークの叔母さんも、中学の教師という教育者夫婦だったそうよ」

「つまり、教育熱心な夫婦ということだね」

「そう。それで、クラークのことも、全力を傾けて、立派に育てようと、考えていたのね」

「それは、クラークにとって、幸福だったのかな？　それとも、不幸だったのかな？」

「夫婦で、クラークを立派に育てようとしたらしいんだけど、彼は、十三歳で、実の母親を殺していて、それが、トラウマになっていて――」

「トラウマ？」

「どうしたの？　急に、大声になったりして？」

「今日、県警でも、同じ言葉を聞いたからだよ。先を続けてくれ」

と、十津川は、いった。

「クラークの精神状態が、不安定で、勉強に力が入らないので、叔母夫婦は、クラークを、精神科医のところに連れて行ったのね。医者は、彼の精神が、不安定で、自己否定に走るのを診《み》て、入院をすすめた」

「自己否定？」

「母親を殺したことで、自分なんか、死んだ方がいいという自己否定よ。下手《へた》をすると、自殺するのではないかと、医者は、考えたんだと思う。それで、入院をすすめたんだわ」

「どのくらい、入院していたんだ？」

「一年間。その間、クラークの精神の落ち込みが、激しい時は、医者は、抗鬱《うつ》剤を注射したと、弟夫婦は、証言したわ」

「抗鬱剤か？」

「ええ」

「それで、クラークは、良くなったのか？」

と、十津川は、きいた。

「一年たって、抗鬱剤をやめて、退院し、一年おくれて、養父が、教師をしている高校に入学したの」

「良かったじゃないか」

「でも、クラークのトラウマは、完全に、治ってはいなかったんじゃないかって、弟夫婦は、いっているのよ」

「どうして？」

「養父は、クラークのトラウマが、完全に、治っていないんじゃないかと、いつも、心配していたといっているのよ。それで、彼に、フットボールを始めるように、すすめたのね。スポーツをやれば、精神的な落ち込みが、消えるのではないかと、思ったのね。この高校は、アメフトの強い学校で、そこのレギュラーにでもなれば、自信が持てるだろうと、養父は、考えたんだと思うけど、これが、裏目に出たのよ」

「どうして？」

「もともと、彼には、運動神経が、なかったみたいで、レギュラーになれないどころか、同じ部員仲間から、あいつは、駄目だといわれてしまうし。養父は、明るくなってくれればと思って、アメフトをやれとすすめたのに、かえって、彼の劣等感を、強める結果になってしまったのよ。キャンパスでも、孤立してしまったらしいわ。アメリカの学校では、暗い生徒は、一番、敬遠されるから」

と、直子は、いった。

「しかし、私たちの知っているクラークは、明るいアメリカ青年だけどね」

十津川は、戸惑いを感じながら、いった。十三歳の時に、母親を射殺したという事実も、ショックだったが、それが、トラウマとなって、彼の精神を支配していたとすると、どういうことになってくるのだろうか？

「このあとが、少しばかり、芝居みたいな話になってくるんだけど」

「思わせぶりだな」

「孤立して、劣等感にさいなまれるようになってしまったクラークは、力が欲しいと思ったのね。それで、何を手に入れたかというと――」

「銃か？」

「そう。養父に内緒で、彼は、銃を手に入れることにしたのよ。当時の友人の話だと、クラークは、異常に、銃に詳しかったと、いってるわ。銃に関する雑誌などを、読みふけっていたのね。もちろん、教師の養父には、その雑誌のことだって、内緒にしたと思うの。彼は、アルバイトで貯めた金で、欲しい拳銃を、一丁、二丁と買って、自分の部屋の屋根裏なんかに、隠していた。多分、その銃を手に持ったときだけ、自分が、スーパーマンみたいに、強くなったと、感じていたんじゃないかな」

「しかし、彼は、十三歳の時、銃で、母親を射殺したんだよ。それが、トラウマとなって、彼を苦しめてきたんだろう？　それなら、銃を持つことに、抵抗があるんじゃないのかね？」

　と、十津川は、きいた。

「そのことは、精神科医に聞いたんだけど、彼は、ずっと、母親を、憎んできた。その頃、彼は、一番最初に、殺したい奴は、あの女だと、母親のことを、いっていたというわ。確かに、母親を殺したことは、ずっと、彼のトラウマになっているけど、同時に、銃の一発で、その憎悪の対象が、消えてしまった。そのことに、彼は、快感も、覚えていたに違いないと、精神科医は、いっているのよ」

「つまり、嫌なものを、瞬時に消してくれる魔法の杖《つえ》か」

「ええ。だから、クラークは、拳銃を集めることに、異常な執念を燃やしたのよ。彼が、二年になったとき、ひそかに、学校に持ち込んだの」

「どうして、そんなことをやったんだ？」

「これも、多分なんだけど、彼は、学校で孤立していたでしょう？　いじめもあった。その相手に、いつか、復讐してやろうと、思っていたんじゃないかしら？」

「しかし、復讐はしなかったんだろう？　していれば、今頃、刑務所の中だからね」

「そうなのよ。偶然が、クラークを救ったの。彼が、自分のロッカーに、実弾入りの拳銃を隠した日のお昼のランチタイムに、生徒たちが、食堂に集まっている時、この高校のOBが、ひとり、コートを羽おって、入って来たの。今は、この高校でも、警察官が入口をガードして、身体検査をしているんだけど、その頃は、ガードしていなかった。だから、そのOBは、簡単に、食堂まで入って来た。そして、コートの下から、いきなり、ライフルを取り出して、射ち始めたのよ。丁度、昼食をとっていた生徒たちは、バタバタ倒れて、悲鳴があがった。その時、この犯人の近くにいたクラークが、隠し持っていた拳銃で、犯人を射ったのよ。三発射ったそうよ。犯人は、その場に倒れた。倒れた犯人に向って、クラークは、さらに、何発も射ったのよ。彼の拳銃は、八連発で、それを、全部、射ちつくしたわけ」

「つまり、クラークは、何人かの生徒の命を助けたわけだな？」

「そう。犯人のライフルの弾倉には、十四発の弾丸が入っていて、更に、コートのポケットには、予備の弾丸を、何ケースも持っていたことが、わかったのよ。その弾丸の総数は、二百発に近かったそうだわ。この時、食堂には、百二十六人の生徒がいて、十一人の生徒が射たれ、六人が死亡している。だから、何十人もの生徒の命が、救われたことになるの」

と、直子は、いう。

「しかし、クラークが、拳銃を持っていたことも、当然、問題になっただろうね」

と、十津川は、いった。

「もちろん、問題になったというわ。クラークは、公の建物内での拳銃不法所持で、拘束されて、警察で、事情を聞かれた。その時、クラークは、いつも、いじめにあっていたので、脅かそうと思って、拳銃を持って行った。射つつもりはなかったと、証言したらしいの」

「それを、警察は、信じたのかね？」

「もちろん、信じなかった。警察が、クラークの家へ行き、彼の部屋を調べたところ、他にも、三丁もの拳銃が隠されているのが発見されたし、彼が、夜、近くの河原で、時々、射撃の練習をしていることもわかったから、なおさらだわ。単に、脅しに使うだけなら、一丁の拳銃で十分だし、射撃の練習をする必要もありませんものね」

「警察は、こう考えたんだろう。クラークも、死んだ犯人と同じように、食堂で、拳銃をぶっ放し、自分をいじめた生徒たちに、復讐するつもりだった。ところが、ＯＢが、突然、乗り込んできて、ライフルを乱射し始めて、計画が狂ってしまった。本当は、彼が、その犯人の立場に立つ筈ではなかったのかとね」

と、十津川は、いった。

「その通りよ。警察は、クラーク自身が、大量殺人を、計画していたのではないかと、疑ったの。当然の推理だけど、と思うわ。でも、その直後に、生徒たちや、父兄や、教師たちが、クラークを釈放するように、嘆願書を作ったというわ。それでも、クラークは、裁判に、かけられたんだけど、陪審員は、一致して、無実としたの。釈放されたクラークは、一躍、生徒たちの生命を救ったヒーローになったわけ」

「いかにも、アメリカらしい話だね」

「クラークの立場は、この事件で、大きく変ってしまったのよ。いい方にね。アメフトやっても、バカにされ、いじめの対象だったのが、全校生徒の中のヒーローになったんだから。これで、彼の劣等感も、すっかり消えてしまったし、一番の変化は、ずっと、彼を苦しめていたトラウマが、消えたことだっていうの」

「どうして、トラウマが、消えたんだ？」

と、十津川が、きく。

「十三歳の時、クラークは、母親を銃で射って殺してしまい、それがトラウマになって、彼の精神を支配していたわけでしょう。そして、今再び、銃を射って、人を殺してしまったのに、それが、賞賛をもって、迎えられた。それで、彼のトラウマが、消えてしまった。消えないまでも、精神的な負担が軽くなったんだと思うの」

「なるほどね。わからなくはないが、トラウマが完全に消えたとは、考えにくいね。そんなに簡単に、消えるものじゃないだろう」

と、十津川は、いった。

「この事件のあと、クラークは、ヒーローとして、高校を卒業し、大学へ進学したことになっているわ」

「銃との関係は、どうなっているんだ？」

と、十津川が、きいた。

「アメリカは、基本的には銃の所持が、許されているから、彼が、引き続いて、銃を持っていたかどうかは、聞けなかった。でも、その後、彼が、銃を使ったことはなかったみたいだわ。それに、大学生の時、銃規制に賛成の運動に、参加しているのよ」

と、直子は、いった。

「この事件について、マスコミは、どう書いているんだろう？　それに、警察の見方も知りたいね」

「明日、地元の新聞社へ行って、聞いてみたいと思っているの。警察の見方も、それに、精神科医の話も」

と、直子は、いった。

3

直子の報告は、クラークの助けになるかどうか、十津川には、判断がつかなかった。

高校生のクラークが、同じ高校の生徒を救って、ヒーローになったという事実は、プラスになるかも知れないが、本当は、彼が、銃を乱射しようとしていたのであって、彼が、ヒーローになったのは、偶然だったと考えると、マイナスに、作用しそうだった。

それに、相手は、県警の刑事である。冷静に、クラークが、拳銃を持っていたことを、考えて、その頃から、危険な人間だったのだと、決めつけるのに違いなかった。

翌日、直子から、また、国際電話がかかってきた。

「今日、図書館へ行って、当時の新聞を、全部、見てきたわ。ワシントン・ポストなんかも、大きく扱っているけど、やはり、地元のサンフランシスコ・ジャーナルが、一番詳しく書いているからコピーしてきたわ。それを、そちらへファックスします」

と、直子は、いった。

「新聞も、クラークを、ヒーロー扱いしているのか？」

「ヒーローとして扱っているんだけど、『偶然が作ったヒーロー』と書いてもいるわ。ただアメリカだから、とにかく、何十人もの生徒を助けたという点は、どの新聞も、誉《ほ》めているのよ。細かいことは、この際、無視しようというわけね。結果オーライみたいに書いている」

と、直子は、いう。

「警察は、本当は、どう考えているんだろう？　ともかく、彼を、公的建物内での拳銃不法所持ということで、拘束したんだから、クラークのヒーロー扱いには、今でも、批判的なんじゃないかね？」

と、十津川は、きいた。

「私も、そう思って、当時、この事件を担当した刑事さんたちに会って、話を聞いてみたの」

「それで？」

「やっぱり、ダーティ・ハリーの国だわ」

「どういう意味だ？」

「力は、正義みたいなところもあるし、手段はどうでも、結果で評価ということがあると思うの。当時の刑事さんたち四、五人に会って話を聞いたけど、全員、同じ意見だったわ」

「しかし、クラークは、拳銃を持って、食堂に行ったんだろう？　間違いなく、彼は、その拳銃で、自分の仲間の生徒たちを、射とうと思っていたんだ。だからこそ、警察は、拳銃の不法所持で、拘束したんだろう？　その問題は、どうなっているんだ？」

十津川は、気になって、いった。

「こちらの刑事さんたちも、それを、全く、忘れたわけじゃないと、いっているの。理屈としてはわかるともいっていたわ。でも、彼は、結果的に、何十人もの生徒を助けたんだ。多少、問題はあるが、いいじゃないかと、いうわけなのよ」

「なるほど、ダーティ・ハリーの世界だね」

「今更、そんなことを問題にしても仕方がないだろうというわけね。それに、クラークは、街のヒーローなんだ。今の若者も、クラークを尊敬して、彼のように、人を助ける人間になりたいと思っている。その夢を、こわすこともないだろうともいっていたわ」

と、直子は、いった。

「その調子だと、だんだん真相は、わからなくなってくるんじゃないのかね？」

「かも知れないわ。あの高校では、もちろん事件のことが、語りつがれているみたいだけど、その時、クラークが、なぜ、拳銃を持っていたかについては、何も書いてないみたいだもの。ただ、クラークは、持っていた拳銃で、――としか、書いてないらしいわ」

「なるほどね」

と、十津川は、肯《うなず》いてから、

「精神科医は、別の考えを持っているんだろうね？」

「この事件を扱った精神科医にも会って来たわ。本も何冊か出している先生で、多重人格の研究家としても有名なの。事件に関しても、サンフランシスコ・ジャーナルに、一年後、文章を書いているわ」

直子と、この、スウェンソン医師との話し合いは、次のようなものだったらしい。

スウェンソンは、最初、この事件のことを話すことに、難色を示した。

特に、直子が、日本人だということで、なぜ、アメリカの事件を、他国人に話す必要があるのかと、思ったのだろう。

それが、変ったのは、直子が、現在のクラークの置かれた立場を説明してからである。

スウェンソンは、急に、態度を改め、

「クラークが、今、何処《どこ》で、何をしているか、ずっと、気になっていたんですよ。日本へ行っていたとは、知りませんでした」

「日本へ行く気になったことを、どう思いますか？　大学では、日本を含めたアジアについて勉強し、日本語も学んでいたようなんですが」

と、直子は、いった。

「それが、事件と何か関係があるかということですか？」

「ええ。彼は、十三歳の時、妹を守ろうとして、母親を射殺してしまい、高校に入ってから、乱射事件に巻き込まれて、今度は、高校のＯＢを、射殺しています。結果的に、二人の人間を射殺したわけでしょう。そんなことが、アジア、日本のいわば、異文化に関心を持った理由じゃないかと、思うんですけど」

と、直子は、いった。

スウェンソンは、肯いて、

「そんなことが、あるかも知れませんね。二人の人間を射殺したことで、アメリカの生活とか文化が、嫌になって、アジア的な生き方に、憧れたのかも知れません。私も、若いとき、そんな一時期がありましたよ。毎日、血なまぐさい事件に接していてね。精神的に疲れ切ってしまった。アメリカの文化というか、精神は、とにかく、その現実と戦えということでしょう。そんな時、アジア的な諦観《ていかん》みたいなものに触れて、ほっとしたことがありましたよ」

「でも、先生は、アメリカに残って、精神科医を、続けていらっしゃいますよね」

「結局、アメリカに残って、戦う道を、選択したわけですよ。それでも、時々、ふっと、アジアか、フィジーか、アメリカから遠く離れたところの海辺で、英語のない空気を吸い、ぼんやりと、眠っていたら、どんなに幸福だろうかと、考えることがありますよ」

と、スウェンソンは、いった。

「先生は、それの出来ない方みたいですね」

「確かにね。今でも、アメリカで、精神科医として働いているし、それが、一番、自分に向いていると、思っているんです」

「クラークは、日本に来ました。それに、日本の女性と、結婚して、私には、幸福そうに、見えましたわ」

「それは、多分、異国へ行って、過去の自分と、決別できたと、思ったからでしょうね」

「では、あの事件で、彼は、一躍ヒーローになったわけですけど、彼自身にとって、やはり、過去は、重荷になっていたわけでしょうか?」

と、直子は、きいた。

「あの頃、確かに、彼は、ヒーロー扱いされて、有頂天になっていましたね。医者の中には、これで、彼のトラウマも消えたと書いた人もいました」

「それは、私も、読みました。十三歳の時に、母親を射殺したことが、彼のトラウマになっていた。しかし、今回、同じように銃で人を殺したが、それが、賞賛された。それで、トラウマは、消えたと書いてありましたわ。先生のお書きになったものを読むと、そんな簡単なものではないと、否定されていましたけど」

「そうです。人を殺したことが、そんなに、簡単にいやされるものじゃありません」

「クラークは、あの事件の日、自分の拳銃を持って、学校へ行っています。本当は、彼が、拳銃を乱射する筈だったという声もあるんですけど」

「その通りだと思います。たまたま、OBが、ライフルを乱射していなければ、クラークが、やっていたと、私は、考えています」

「なぜ、そんなことをするんでしょうか?　それほど、自分の友だちを憎んでいるんでしょうか?」

と、直子は、きいた。

「こうした事件は、最近、たびたび起きていますが、その多くの場合、彼が本当に憎んでいるのは、自分自身なんです。自分を殺したいんです」

と、スウェンソンが、いう。

「では、なぜ、自殺しないんでしょう？」

「それは、自殺するだけの勇気がないからです」

スウェンソンは、あっさりと、断定した。

「でも、それが、なぜ、乱射事件ということになってしまうんでしょうか？」

「今もいったように、彼は、弱い人間で、自分を憎み、自分を殺したいと、思っているんです。だが、自殺する勇気はない。その、いらいらが、何処へ向うかといえば、自分を産み、育てた両親に、まず、向うのです。次に学校に向い、友だちに向う」

「彼等を憎んでいるからですか？」

と、直子は、きいた。

「愛してもいるし、憎んでもいるんです。例えば、両親です。彼は、自分の苦しみを、両親に、わかって貰いたいと思っています。しかし、たいてい、彼は、大人しく、まじめだから、親は、その苦しみが、わからない。或いは、彼が家庭内暴力をふるうというので、ひたすら、敬遠し、甘やかしてしまう。学校も、そうだし、友だちもそうです。彼が、爆発して、初めて、彼が、そんなに苦しんでいたのかと知るのです。私は、乱射事件の犯人の少年と、何人か話しましたが、彼等が、まず、いうのは、『ボクを殺してくれ』という言葉ですよ」

「クラークのことですけど――」

と、直子は、話を戻した。

「奥さんを殺した容疑で、今、日本の警察に、逮捕されているんでしたね」

「そうなんです。ユフインという日本の温泉地に、クラーク夫妻は来ていました。自然の豊かなところで、クラークも、奥さんも、気に入って、私や、主人に、ハガキをくれました。楽しんでいるといってですわ。ところが、その直後に、クラークは、奥さんを殺した容疑で、逮捕されてしまったんです」

「動機は？」

「嫉妬ですわ」

「ジェラシーですか。もっとも一般的な動機ですね」

スウェンソンは、微笑し、

「クラークと、日本人の奥さんの間は、うまく、いっていたんですか？」

と、きいた。

「そう思っていましたけど」

「あなたも、ご主人のミスター・トツガワも、クラークと、親しかったんでしょう？」

「それが、半年前に、偶然、知り合っただけなんです。奥さんともですわ。すぐ、いいご夫婦だなと思って、おつき合いして来たんですけど、今度の事件になって、クラークのことも、奥さんのことも、ほとんど知らないと気付いて、愕然としたんです。私も、主人も」

「よくあることです。それに、事件がなければ、それほど、深い知り合いでなくても、うまく、やっていけるものです」

「特に、私たちは、クラークのアメリカ時代のことを、何も知らなかったんです。それで、十三歳の時の母親殺害について、知って、驚いたんです」

と、直子は、いった。

「誰に聞いたんですか？」

「クラークを逮捕した県警が、アメリカの警察に照会して、わかったんですわ」

「きっと、そのことは、クラークの容疑を強くする理由にされるでしょうね」

と、スウェンソンは、いった。

「その通りですわ。十三歳で、母親を殺したような男なら、ジェラシーから、妻を殺しても不思議はないと、県警は、考えているんです。それで、本当はどうなのか、知りたくて、私は、アメリカへ来たんです。そうしたら、高校での事件のことも知って、更に、驚いているんです」

「クラークは、どちらも、話さなかった？」

「ええ」

「話したくないことだったからでしょうね」

「ええ。でも、彼が、殺人容疑で逮捕されたとなると、全てを知らなければなりませんわ。県警も、どうせ、調べ出すでしょうから」

「それで、私に、何を聞きたいんですか？」

と、スウェンソンが、いう。

「二つの事件が、今のクラークに、どんな影響を与えているかですわ」

と、直子は、いった。

「なるほど」

「十三歳の時の母親殺しのトラウマが、高校の事件で消えたというのが、本当なら、ユフインの事件には、何の影響も与えていないことになりますから、無視していいんですけど」

「それは、駄目です。そんなに簡単に、トラウマは消えるものじゃありません」

「ええ。先生はそう書いて、いらっしゃいますものね。と、すると、十三歳の時の母親殺しも、高校の事件も、県警にしてみれば、クラークが、妻殺しの犯人だという確証の一つになると、考えると思いますわ。クラークが、危険な人間だという証拠だと」

「しかし、あなたも、ミスター・トツガワも、クラークは犯人じゃないと、思っている？」

「正確にいうと、犯人ではないと、思いたいんです。でも、十三歳の時の母親殺しが、トラウマとなって、クラークの心に残っていて、それが、妻殺しになったとしたら、と思うと、ぞっとするんです。それに、高校での事件ですわ。本当に、彼が乱射事件を起こすつもりだったとすると、彼には、常に、人を殺したいという衝動があることになりますわ。もし、彼が起訴されて、裁判にでもなれば、これが、彼に不利に働くことは間違いありませんわ」

「だからといって、母親殺しのトラウマが、高校時代の事件で、ヒーローになって、消えたなんてことは、学者としての良心に照らして、いえるものじゃありません」

と、スウェンソンは、いった。

「私だって、そんな嘘をついて頂きたくは、ありませんわ」

「だが、あなたのいうように、裁判になったら、クラークに不利に働くことは、間違いありませんね。二回も、人を殺している。一度は、母親で、二度目は、乱射事件を起こしかねなかった。あなたのいう通り、そんな男なら、ジェラシーから、平気で、妻を殺すだろうと、考える――」

「クラークが、今でも、母親殺しのトラウマに悩まされているとしても、だからといって、妻を殺すとは、限りませんわね？」

直子が、きくと、スウェンソンは、大きく、肯いて、

「クラークは、日本へやって来て、日本人の奥さんを貰って、幸福だったんでしょうか？」

「あなたは、どう見えました？」

スウェンソンが、きき返した。

「楽しそうに見えましたわ。日本での生活も、奥さんとの生活も、エンジョイしているように見えました」

と、直子は、いった。

「私も、そう思いますね」

「でも、トラウマは——？」

「今、私は、いいましたね。彼が、本当に憎んでいて、殺したいのは、自分自身なんだと」

「ええ。自分を殺すだけの勇気がないので、学校で、友だちを殺そうとしたんですわね」

「ただ、彼は、日本へ行った。母親も、もう、いない。彼が、変らなくても、彼の周囲は、完全に、変ってしまったんです。母親殺しを思い出させるものはないし、高校の事件を思い出させるものも、人間も、いなくなってしまったんです。だから、彼は、幸福に見えたのかも知れません。事実、幸福だったと思いますね」

「その通りです」

「トラウマの影響は？」

と、直子が、きく。

「今もいったように、母親殺しの記憶は、消えるものじゃありません。しかし、日本では、それを思い出させるものが、なかった。友人のあなた方も、知らなかったし、奥さんもです。社会も、マスコミもです。彼の心の平穏は、保たれていたと思います。だから、余程のことがなければ、トラウマが、妻を殺させたということは、考えられません」

と、スウェンソンは、いった。

「いざとなったら、日本へ来て、クラークのために、法廷で、証言して頂けますか？」

「もちろん、行きますよ」

と、スウェンソンは、いった。

4

十津川は、アメリカから送られて来た新聞のコピーの束に眼を通した。

いずれも、高校で起きた乱射事件を、伝えているのだが、第一報から、日数が経つにつれて、変化していくのが、面白かった。

現場が、大混乱していて、事件を報じる記者の方も混乱しているのだ。

第一報には、クラークの名前が出ていなかった。

コートの下に、ライフルを隠して、高校に乗り込み、突然乱射した、卒業生の名前は、

B・ハックマン、二十歳としか、出ていない。

彼が、食堂に入って来て、ライフルを乱射し、何人もの生徒を死傷させたあと、自分をライフルで射って、自殺したと、書いているのである。

射たれた生徒たちにしてみれば、逃げまどい、恐怖におびえていたら、突然、乱射が止み、気がついたら、犯人が、死んでいたとなれば、彼が、自殺したと考えるのが、当然かも知れず、新聞も、その通りに、報じたのだ。

第二報から、クラークの名前が、出てくるのだが、その扱い方も、混乱していた。

B・ハックマンとの共犯みたいに書いた新聞もあった。

二人で、高校を襲う計画だったのだが、いきなり、年長者のハックマンが、射ち始め、自分の友だちが、バタバタと倒れていくのを見て、怖くなり、ハックマンを、制止しようとして、背後から、彼を、射ったというのである。

クラークが、警察に拘束されたのも、共犯者だからだろうと、書いているのだ。

そのクラークが、次第に、何十人もの友人を助けたヒーローになっていく。

「なぜ、クラークが、拳銃を持っていたのか?」という疑問の文字が、消えていく。

変って、釈放を求めて、生徒や、父兄の声が、紙面を、覆っていくのである。

ヒーローという言葉が、どの新聞にも、のるようになる。

そして、裁判。

陪審員は、全員一致で、クラークを、無罪とする。

大衆紙は、「ヒーロー物語」を、連載し始める。

十三歳の時の母親殺しも、妹を助けるための英雄的な行動と、書く。確かにその通りなのだが、英雄的行動と書くのは、どうだろうか？

銃好きな少年だが、彼は、人を助けるためにしか、その銃を使わなかったと、銃の製造業者が大喜びしそうな書き方だった。

精神科医のスウェンソンが、サンフランシスコ・ジャーナルに書いた文章にも、十津川は、眼を通した。

直子が、いったように、スウェンソンは、さすがに、冷静に、事件を分析していた。

それは、乱射事件の分析でもあり、クラークという少年の分析でもあった。

クラークが、十三歳の時、母親を射殺した事件から説き起こして、彼の心理を分析しているのだ。

その内容は、直子が、電話で知らせてくれたものと、同じだった。

十三歳の時の母親殺しが、トラウマとなっていた。クラークは自分を憎み、自殺願望を持っていた。だが、自殺するだけの勇気がなかった。

そのいらだちが、周囲に向けられる。学校と友人たちにである。

あの日、そのいらだちが、絶頂に達し、クラークは、拳銃を隠し持って、登校した。

彼が、射殺事件の犯人になったかもしれない日である。

偶然が、クラークを、犯人にせず、ヒーローにしてしまったが、彼が、友人を射つために、拳銃を持っていたことを、忘れてはならないと、書く。これは、クラーク自身のためでもあるのだ。

ヒーローになったことで、彼自身、母親殺しのトラウマが、消えたと思っているが、それは、錯覚である。気分が落ち込んだとき、何か事件にぶつかったとき、そのトラウマは、顔を出す筈だと書いていた。

そのために、カウンセリングを受け続けるか、生活環境を変える必要がある。

だから、クラークが、日本に来て、加奈子と結婚したことは、環境を変えた点で、プラスだった筈である。

（問題は、日本での事件のことだな）

と、十津川は、思う。

クラークは、妻の加奈子を殺してはいないと、十津川は、思っている。が、これは、あくまで、願望に過ぎなかった。

刑事としては、もっと、冷静に、事件を見る必要が、あった。

大分県警は、クラークの周辺に、彼以外に、妻の加奈子を殺す人間はいなかったと、断定している。

今のところ、確かに、その通りなのだ。

それに、十三歳の時に、母親を射殺しているという、クラークの過去。

県警は、それも、彼が妻殺しの犯人である裏づけの一つと、見ている。

県警としたら、当然の考えだろう。

アメリカの警察に問い合わせて、この情報を得たとき、県警は、小躍りしていた。

母親を殺すような人間なら、妻を殺してもおかしくないという理屈である。

裁判にでもなれば、このことは、間違いなく、裁判官の心証を悪くするだろう。

県警は、高校時代の事件については、まだ、何も言及していなかった。

まだ、この事件のことを知らずにいるのか、知っているのだが、クラークが、ヒーローになったこの事件は、彼を犯人とする推理には、マイナスなので、知らないふりをしているのか、十津川には、判断がつかなかった。

十津川は、この事件が、裁判になったとき、クラークに、有利に働くかどうか、冷静に考えてみた。

クラークは、結果的に、友人たちの生命《いのち》を助け、ヒーローになった。トラウマが消え、明るくなった。

そう考えれば、クラークの弁護の役に立つ。だが、検察側が、スウェンソンの論文を手に入れたら、逆に、マイナスに、作用するだろう。

スウェンソンによれば、母親殺しのトラウマは、消えず、偶然、クラークは、ヒーローになったのであって、本当は、彼自身が、友人たちを殺そうと思っていたことになるからである。

5

直子が、日本に帰って来た。

十津川は、成田まで迎えに行った。

空港内のティールームで、二人は、話をした。

直子が、まず、知りたがったのは、クラークがどうなったかということだった。

「公判の期日が決まったよ」

と、十津川は、いった。

「そんなに、急展開しているの」

直子は、びっくりした顔になった。

十津川は、肯いて、

「県警も、大分地検も、自信満々だよ。クラーク以外に、犯人はいないと確信している」

「クラークは、どうしているの？」

「もちろん、落ち込んでいる。自分が外国人なので、日本の警察は、犯人と決めつけているんだと思ってもいる。弁護士に、これは、人種差別の裁判だと、怒りをぶつけているみたいだよ」

と、十津川は、いった。

「下手《へた》をすると、クラークは、日本人の弁護士を、拒否するかも知れないわね」

直子は、心配そうに、いう。

「二人の弁護士が、彼についている。二人とも、信頼のおける優秀な人だし、もちろん、人種的偏見など無い人だが、クラークは、弁護士も、人種的偏見を持っているに違いないと思うかも知れないな」

と、十津川は、いった。

「それで、クラークは、勝てそうなの？」

と、直子が、きく。

「それが、わからないんだ。第一、私は、刑事なのに、何とか、クラークを、助けたいと思っている。県警の方針に反対しているわけだよ。こんな立場になったのは、初めての経験だ。一番困るのは、君も、感じていると思うが、クラークについて、何も知らなかったことなんだ。十三歳の時の母親殺しや、高校時代の事件を知って、あたふたしている始末だからね」

と、十津川は、溜息をついた。

「あなたのいう通りだわ。私は、まだ、この二つの事件が、クラークにとって、有利に働くかどうか、わからずにいるわ」

「県警や、大分地検は、明らかに、クラークを有罪にする助けになると、信じているね」

と、十津川は、いった。

「何といっても、母親殺しですものね。母親を殺すような人間なら、妻だって、平気で殺すだろうと考えるわ」

「二人の弁護士に、この二つの事件について、知らせた方がいいかな？　それを、今、考えているんだよ」

と、十津川は、いった。

「私は、話した方がいいと思うわ。検察側は、十三歳の時の母親殺しについて、知っているわけでしょう。県警が、知らせたに違いないんだから」

「公判では、必ず、持ち出すと思うよ。クラークが、人殺しを、何とも思わぬ性格だということの証拠としてね」

「それなら、弁護士も、知っているべきだわ。それも、正確な知識をね」

と、直子は、いった。

「じゃあ、君から話してくれ。刑事の私が、被告人の弁護士と、しばしば、会っていたら、おかしいからね」

と、十津川は、いった。

二人は、ティールームを出ると、羽田空港へ向かい、全日空で、大分へ飛んだ。

大分に着くと、すでに、夜になっていたので、ホテルに入った。

十津川は、今、自分が、不安定な立場にいることを、自覚していた。

十津川は、友人のクラークの妻、加奈子が殺された事件で、大分県警を助けるために、東京からやってきた。

だが、そのクラークが、逮捕され、起訴されてしまい、十津川の手の届かない所に、いってしまった。

普通なら、この時点で、本庁に帰るべきだろう。

だが、十津川には、それが出来なかった。

クラークも、殺された妻の加奈子も、友人である。それに、十津川は、クラークの無実を信じている。

だから、裁判の行方が、気にかかって、仕方がない。

それで、十津川は、上司の本多一課長に、休暇願を、送ってあった。

個人として、この裁判を、見守りたかったのだ。

直子は、一服したあと、二人の弁護士に、会いに出かけた。

水島　守（五十五歳）
横山　啓一郎（五十歳）

この二人が、今回、クラークについた弁護士だった。

直子は、二人に、大分市内の水島弁護士の事務所で、会った。

直子は、二人に向って、単刀直入に、

「裁判に勝てそうですか？　こんな質問は失礼だと思うんですが、主人も、私も、クラークのことが心配でなりませんので」

と、いった。

「同じことを、ご主人からも、聞かれましたよ」

と、水島は、笑った。

横山弁護士が、

「弁護士というのは、いつも、勝てると思って、戦っています」

と、いった。

「クラークのアメリカ時代のことは、ご存知ですか？」

と、直子は、きいた。

「検察側が、十三歳の時の母親殺しの件を、公判で持ち出すという情報は、得ています」

水島弁護士が、いう。

「その件で、クラーク本人に、聞かれましたか？」

直子が、きくと、水島は、眉をひそめて、

「それが、何も喋《しゃべ》ってくれないのですよ。一言もです。それでは、弁護の仕様がないと、いっているんですがねえ」

「それなら、私が、お話ししますわ」

と、直子は、いい、母親殺しの真相について、二人の弁護士に、話した。

「なるほど」

と、水島は、ほっとした顔で、肯き、横山は、

「この事件で、クラークが、何の処分も受けていないことから、母親殺しには、何かわけがあるなと思っていたんですが、これで、よく、わかりました」

と、いった。

「彼の高校時代の事件については、どう思います？」

と、直子は、詳しく話したあとで、きいてみた。

二人の弁護士は、顔を見合わせてしまった。

「ヒーローですか」

と、水島は、呟いた。

「ええ。アメリカ的なヒーローですわ。その時、彼が、拳銃を隠し持っていた不自然さなんか、問題にしないんです。とにかく、彼が、いなければ、あと、何十人もの生徒が、射たれていたことは、間違いない。その生命《いのち》を救ったヒーローなんです」

「いわば、ダーティなヒーローというわけですね」

と、水島は、いった。

「アメリカ人の中にも、同じ言葉をいう人が、いましたわ。それに、アメリカ人は、ダーティ・ハリーみたいな男が、好きなんです。容赦なく、悪人を、射殺してしまう。その爽快さに、喝采を送るんです」

直子が、いった。

「それに、アメリカは、陪審制ですからね。それなら、われわれも、この事件を積極的に取りあげますよ。何十人もの生徒の生命《いのち》を助けたヒーローということで、陪審員の同情を買うことが、出来ますからね。しかし、この日本は、陪審制じゃありません。だから、取り上げた方がいいかどうか、わかりませんね。ひょっとすると、マイナスに作用する危険があります」

と、水島は、慎重ないい方をした。

「検察側は、この事件を、取り上げるでしょうか？」

「かも知れませんね。もちろん、その時は、ヒーローの部分を、極力、小さくして、高校生の彼が、拳銃を持っていて、生徒を射つつもりだったという点を、強調するでしょうがね」

　と、横山が、いった。

「その時は、どう対処するつもりですか？　私が、アメリカで会った、スウェンソン医師は、もし、必要があれば、クラークのために、日本の法廷で、証言してもいいと、おっしゃっていました。彼は、クラークの行動を、アメリカン・ヒーローと見るような人じゃありませんけど、クラークのために、証言すると、おっしゃっているんです」

　直子は、スウェンソン医師に会った時の印象を、二人の弁護士に、説明した。

「そうですか。もし、必要な時は、ぜひ、スウェンソンさんにお願いしたいですね」

　と、水島は、いった。

「クラークは、この裁判を、人種差別だと、いっているようですけど、水島さんたちにも、同じことを、口にしていますか？」

　と、直子は、きいた。裁判が、おかしな方向に動いてしまうことが、怖かったのだ。そうなると、事件の真相が、わからなくなってしまう。

「彼は、それを、しきりに、口にしています。われわれは、そんなことはないし、もし、少しでも、人種差別の不安があれば、われわれが、全力をあげて、ただしてあげると、いっているんですがね」

水島は、当惑した表情で、いった。

(困ったな)

と、直子は、思った。クラークの心情はわかるが、もし、少しでも、そんな気持を持っていたら、裁判官の心証をわるくするだけだろう。

第四章　猫の家

1

間もなく、クラークの裁判が始まる。

十津川は、それまでに、もう一度、彼の話を聞いておきたかった。

と、いっても、すでに起訴されたクラークに、刑事の十津川が、弁護側の人間として、面会することは許されない。

だから、翌日、妻の直子に、弁護士と一緒に会って貰うことにした。

「彼に、何を聞いてきたらいいの？」

と、直子は、いう。

「クラークは、加奈子さんと楽しく、由布院で、過ごしていたと、いっていた」

「ええ。それは、知ってるわ」

「その様子を聞いて貰いたいんだよ。由布院、いや、町の名前は、湯布院だが、二人で、何処《どこ》を廻ったのか。加奈子さんが、湯布院の何処を楽しんでいたか。地図を持っていって、聞いて欲しい。どの道を歩き、どんな店へ行ったか、何処で食事をしたか」

「それを聞いて、どうするの？」

「二人が廻った道を、私も廻ってみたい。君と一緒にだ」

と、十津川は、いった。

「私と？」

「ああ。クラークたちも、カップルで廻ったから、私たちも、カップルで廻りたい」

「それで、何か、わかるのかしら？」

「何かわかるかも知れないし、何もわからないかも知れない。ただ、やってみたいんだよ」

「わかったわ」

と、直子は、肯《うなず》いた。

彼女は、湯布院の町の地図を持ち、水島弁護士について、大分拘置所に収監されているクラークに、面会に出かけて行った。

十津川は、ホテルで、直子の帰りを待った。

夕方になって、直子は、帰って来た。

「ご苦労さん」

と、十津川が、声をかけると、直子は、小さく溜息をついて、

「弁護士さんが、変な顔をしていたわ。クラークに、そんな湯布院の思い出話を聞いても、弁護の足しにはなりませんよって」

と、いった。

「かも知れないが、私には、他に、どうやって、クラークを助けていいか、わからないんだよ」

と、十津川は、正直に、いった。

翌朝の新聞を見て、十津川は、一層、クラークが、追いつめられたと感じた。

新聞各紙が、一斉に、次のように、書き立てたからである。

〈容疑者のR・E・クラークに、新事実！〉

〈十三歳の時に、母親を射殺していた！〉

「きっと、県警が、新聞に、リークしたんだわ」

と、直子が、眉をひそめた。

「その可能性はあるな」

十津川は、肯いた。警察が、世論を味方にするために、よく使う手だった。

すでに、事件は、警察の手を離れているが、クラークの逮捕を、人種差別という声もある。それに対抗するために、県警が、自分たちの逮捕の正当性を示すために、クラークの母親殺しを、マスコミにリークしたことは、十分に、考えられるのだ。

「とにかく、私は、この湯布院でのクラークと、加奈子さんの足取りを追ってみる」

と、十津川は、いった。

十津川は、直子と、湯布院の町の地図を前に、今日、何処を歩くかを、相談した。

「この×印をつけたところに、クラーク夫妻は立ち寄ったと、いっていたわ。四月十五日の午後、二人は、由布院に着いて、Fホテルに、チェック・インし、翌十六日に、この町を見て歩いたのよ」

「そして、十七日は、クラークは、由布岳に登り、加奈子さんとは、別行動を取ったわけだ。それでは、十六日の二人仲良く歩いた道を、私たちも、歩いてみようじゃないか」

と、十津川は、いった。

「じゃあ、まず、由布院駅へ行きましょう。駅前から、馬車に乗ったと、いっていたから」

と、直子は、いう。

ホテルでの朝食をすませると、二人は、JR由布院駅へ行った。

駅前の短い商店街を歩く。

十六日に、クラークと、加奈子の二人も、この通りを歩いたのだろう。

駅は、ドーム型のモダーンな姿をしている。

馬車は、まだ、来ていなかったので、二人は、駅舎の中に、入って待つことにした。

JRと、湯布院の町が半分ずつ、資金を出して、新しい駅舎を造ったという。

待合室には、温泉を引いて、床暖房がしてあった。十津川と、直子が、大理石の床に手を当ててみると、なるほど、温かい。

周囲の壁に、絵画が、かかっていた。個展の会場にもなっているのだ。
七、八分して、駅の外が、やかましくなった。外に出てみると、馬車が来ていて、観光客が、その馬車を囲んで、記念写真を撮っているのだった。
若い女が、馬の手綱《たづな》を持たせて貰っているのだが、馬が動くたびに、嬌声《きょうせい》をあげている。

馬車の他に、クラシックな小型のバスも、姿を見せていた。

今日は、ウィーク・デイなのに、観光客、それも、若い男女が、多かった。自然の中の温泉町という、町の方針が、成功したのだろう。

十津川と、直子は、馬車に乗り込んだ。

一頭立ての馬車も、満員だった。町のところどころに、「馬車停車所」の看板が出ている。

馬車は、満員の観光客を乗せて、のんびり、走り出した。

「クラークの話だと、午前中に、美術館めぐりをして、昼食は、金鱗《きんりん》湖の近くの店で、そばを食べたと、いっていたわ」

と、馬車に、ゆられながら、直子が、いう。

「そのあとは？」

「金鱗湖のまわりを、散策して、みやげ物店をのぞいたり、猫の店で、グッズを買ったりしたといっているわ」

「猫の店？」

「ええ。猫関係の本や、グッズばかり集めた、有名な店があって、最初から、加奈子さんは、由布院に行ったら、その店へ行きたいと、いっていたらしいの」

「美術館めぐりは、どっちの希望だったのかな？」

「これは、クラークの希望だったみたい。自分で、そういっているから」

「じゃあ、美術館の方はやめて、まず、金鱗湖へ行ってみよう」

と、十津川は、いった。

馬車が、金鱗湖に着くと、二人は、そこで、馬車をおりた。

木立ちの向うに、青い湖面が、広がっていた。

自家用車や、タクシーが、湖の周りの道路や、狭い駐車場にひしめいている。

馬車をおりてすぐの所に、町の露天風呂があり、一回百円の看板が見えた。さすがに、女性の姿はなかったが、男の姿は、板囲いの隙間から見えていた。

もともと、金鱗湖は、湖底から温泉が湧いているということだから、湖畔に露天風呂があっても、不思議はないのだろう。

狭い道を五、六分も歩くと、みやげ物店や、喫茶店、そば屋、それに、若者向きのクレープを売っている店が、並ぶ一帯に出た。

若者向きの店が多く、軽井沢か、清里《きよさと》の感じで、若者の観光客が、あふれていた。

二人は、そば屋に、入った。

四月十六日に、クラークと、加奈子が、入ったという店である。

天ざるを、注文してから、二人は、クラーク夫妻の写真を見せて、店の人に、覚えているかと、聞いてみた。

天ざるを運んできた女が、写真を見て、

「ああ、この外人さんなら、覚えていますよ」

と、微笑した。が、すぐ、続けて、

「この人、奥さんを殺したんで、警察に逮捕されたんでしょう」

「そうなの。ただ、私たちは、彼が、犯人じゃないって、思っているんです」

と、直子は、いった。

「そういえば、ここでは、とても、仲良く見えましたよ」

と、女は、いう。

「どんな風に？」

直子が、すかさず、きいた。

「普通、カップルだと、女の人が、割箸をとってあげたり、二つに割って、男の人に渡したりするんだけど、さすがに、外人さんだと思いましたよ。男の人が、さっと、女性に、割箸をとってあげるし、お茶をくんであげたりしてたんですよ。ああいうのを見ると、外人さんと、結婚したくなりますねえ」

と、女は、笑った。

「ここでは、私たちと同じ天ざるを食べたんじゃないの？」

十津川が、きく。

「ええ。そうでした。外人の旦那さんが、器用に、箸を使うんで、びっくりしたんです。日本語も、お上手《じょうず》で」

と、女は、ニコニコ笑う。

少くとも、クラーク夫妻が、この店では、好印象を持たれていたのだ。

「彼が、奥さんを殺したと思います？」

直子が、きいた。

「そんな風には、思えませんわ」

女は、想像した通りの答えをしてくれたが、もちろん、それだけでは、クラークの無実を証明するまでには、到らないだろう。

二人は食事をすませると、道路の反対側にある「猫の家」へ向った。

加奈子が、湯布院に行ったら、ぜひ、訪ねたいと、いっていたという店である。

クラークの話によると、ここで、いくつもの猫グッズを、加奈子が買ったという。

猫グッズのあらゆるものが揃っている店だった。

猫のぬいぐるみから、灰皿、鉛筆、絵ハガキ、カップ、どれもこれも、可愛らしい。

若い女性や子供が、沢山入っていて、一つ一つ手に取って、眺めている。

猫の好きな直子も、思わず、眼を輝やかしていた。

十津川は、猫を描いたTシャツを買い、それを、店番をしている若い女の子に渡してから、

「この二人を見なかったかな？」

と、クラーク夫妻の写真を見せた。

二人の女の子は、すぐ、

「覚えています」

と、異口同音に、いった。

「女性の方は、ここで、何点も、グッズを買ったと思うんだが」

「ええ。沢山お買いになって下さいました。猫が好きで、猫関係のグッズを、今までにも、集めているんだと、おっしゃっていましたわ」

と、女の子の一人が、いう。

「その買ったものは、どうしたんだろう？」

「沢山だったので、東京のお宅へ送って下さいと、おっしゃってましたので、次の日に、宅配で、お送りしました」

と、いった。

どうやら、事件のことは、知らないらしかった。

彼女は、言葉を続けて、

「うちでは、一万円以上、お買い上げのお客さまには、記念写真を撮って差しあげることになっているんです」

と、いい、今はやりのデジタルカメラを取り出した。

「じゃあ、彼女も、撮って貰ったんだ」

「ええ。そこに、大きな猫のぬいぐるみがあるでしょう。それは、有名な人形で、二十万円もするんです。それを抱いたところを、お撮りしました。それを、プリントして、あのお客さまの場合は、お買い上げ頂いた商品と一緒に、お送りしました」

と、女の子は、いう。

「当然、クラークも、一緒に写っているんだろうね。アメリカ人の旦那さんだけど」

十津川が、きいた。

二人で、仲良く、猫のぬいぐるみを持っている写真。それも、事件の前日だから、弁護側に有利に働くだろうと思ったからだが、店番の女の子は、

「いいえ」

「どうして？」

「その時、アメリカ人のご主人は、二階にあがってしまわれていたんです」

「二階には、何があるの？」

と、直子が、きいた。

「猫の絵や、写真が、飾ってあります」

と、女の子は、いう。

「それじゃあ、写真は、裁判にとって、何の役にも立たないな」

十津川は、失望して、声も、重くなった。

「それで、クラークは、猫のグッズを買ったことは話しても、写真のことは、いわなかったんだわ」

直子の方は、合点がいったという顔になっている。

「それで、写真は、何枚、撮ったの？」

と、十津川は、きいてみた。

「一万円お買い上げで、一枚ですから、三枚、お撮りしました」

「しかし、三枚とも、ひとりで、写っているんだろう？」

「はい、そうです」

（それじゃあ、三枚でも同じことだ）

と、十津川は、思った。

だが、直子は、なおも、

「三枚とも、プリントして、グッズといっしょに、送ってくれたのね？」

と、きいている。

「その写真は、何の役にも立たないよ」

「ええ。そうだけど」

と、直子は、いった。

二人は、それぞれに、猫のグッズを買って、外へ出た。一万円以上の買物をしていないから、デジカメでの写真のサービスはなかった。

「そのあとは？」

と、十津川は、直子と、地図を見た。

「少し離れた場所にある牧場へ行っているわ。由布岳の麓《ふもと》にある牧場で、レストランや、乳製品の販売もしているところで、そこで、二人は、地ビールを飲んだと、いってるの」

と、直子は、いった。

そこまで、クラークたちは、馬車で行ったというので、十津川と直子も、さっき馬車をおりた場所で、次の馬車を待つことにした。

二十分も待つと、馬車が来たので、二人は、乗り込んだ。

蛍がすむという川に沿って、馬車は、とことこと、進む。

蛍観橋という名の小さな橋を、通りすぎる。

田んぼが広がる。これが、由布院の一つの売り物でもあるのだろう。

二人は、牧場の近くで、馬車をおりた。

牧場といっても、牛の姿は見えず、ステーキが売り物のレストランと、みやげ物店が見えるだけだった。どちらの建物も、近代的で、真新しい。

二人は、レストランに入り、四月十六日の、クラーク夫妻と同じように、ソーセージと、地ビールを、注文した。

あまり美味《うま》い地ビールというのはないものだが、ここの地ビールは、間違いなく、美味かった。

直子が、飲んだあとで、

「しあわせ！」

と、いったくらいである。

十津川は、煙草に火をつけてから、

「クラークも、しあわせだったと思うね。湯布院を見物し、ここで、美味い地ビールを飲んだんだから」

「そうね。ここまでに、クラークに、殺意が生れたとは、とても、思えないわ」

「県警も、検察も、翌十七日に、クラークに、殺意が生れたと、考えているんだよ」

「クラークが、由布岳に登り、加奈子さんが、一緒に行かなかったから？」

「まあ、そうだ。その間に、彼女が、浮気したと、クラークが勘ぐり、殺したという図式だよ」

と、十津川は、いった。

「クラークは、子供じゃないんだから、そんなことで、勘ぐって、嫉妬から、奥さんを殺したりするものですか」

直子は、腹立たしげに、いう。

十津川は、苦笑した。

「私に怒っても仕方がないよ。問題は、この湯布院に、容疑者が、クラーク以外にいないことなんだ。岡本卓郎は、とっくに、死んでしまっているからね」

「それも、クラークが、殺したと、県警は、考えてるわけでしょう」

「これも、嫉妬からね。クラークは、自分で、恋の勝利者だったんだから、嫉妬する筈がないと、いっている」

「彼のいうことは、納得できるわ。勝利者って、寛大だから」

「問題は、加奈子さんの十七日の行動なんだよ。誰かに、会ったのか。それとも、会わなかったのか」

「そりゃあ、会ったに決ってるわ。クラークが、犯人じゃなければ、別に犯人がいて、そいつに、会って、殺されたんだから」

直子は、また、怒ったように、いった。

「それが、誰かわからなくては、クラークを救うことは出来ないよ」

「一人いるわ」

と、直子は、いった。

「有田公一か？」

「そうよ。由布院へ来てから、加奈子さんは、何回か、翻訳の仕事のことで、東京の有田工房の有田公一に電話をかけていたんでしょう。岡本卓郎の名前は消えたから、今、残っている名前は、有田公一だけだわ」

と、直子は、いった。

「有田公一が、犯人だとして、動機は、何だね？　仕事の上のいざこざかな」

「いいえ。そんなもので、わざわざ、東京から、この由布院に来て殺すとは、思えないわ」

「じゃあ、何だ？」

「有田公一って人、確か、四十代じゃなかった？」

「四十六歳だ」

「男の四十六歳というと、もっとも、迷う年頃だと思うわ。それに、加奈子さんは、美人で、だからこそ、岡本卓郎も、ストーカーになってしまったんだと思うの。有田公一も、加奈子さんに、迷ったんじゃないかしら」

「だが、加奈子さんは、人妻だよ」

「だから、余計に、迷ったのよ。どうすることも出来ない相手だからこそ、迷うし、嫉妬にもかられる。中年男の恋狂いね。動機としては、十分だと思うわ」

　直子は、決めつけるように、いった。

「中年の恋狂いか――」

　十津川が、苦笑したのは、自分も、四十代だと、思ったからだった。

　確かに、加奈子は、美人で、男好きがする女性だと思う。

　だから、四十六歳の有田公一が、彼女に恋し、人妻と知りつつ、嫉妬に狂ってという直子の考えをわからないではなかった。

しかし、それは、あくまでも、推測でしかないのだ。有田公一が犯人なら、その証拠をつかまなければならない。今のところ、出来そうもなかった。

このレストランでも、十津川たちは、クラーク夫妻の写真を、制服姿のウェイトレスに見せた。

「ええ。覚えていますわ」

と、ウェイトレスの一人は、微笑した。

「クラーク夫婦も、ここで、地ビールを飲んだんでしょう？」

直子が、きいた。

「はい、お二人とも、地ビールを、本当に、美味《おい》しいと、おっしゃって、二杯も、お飲みになりました」

「確かに、ここの地ビールは、美味い。二人は、幸福そうに見えたかね？」

と、十津川は、ウェイトレスに、きいた。

「ええ。とても、幸せそうで、国際結婚も悪くないなと、思いましたもの」

「ここには、どのくらいいたのかね？」

「一時間くらいだと思いますけど」

「その間、ケンカをしたということは、なかったんでしょう？　何か、二人で、いい争うようなことだけど」

と、直子が、きいた。

ウェイトレスは、笑って、

「ぜんぜん。あたしたちの見てるところで、キスまでしてましたわ」

と、いった。

このウェイトレスの証言は、少しは、クラークの弁護に、役立つだろうと、十津川は思った。

2

直子は、有田公一が、怪しいといって、きかなかった。

それで、十津川は、由布院を離れて、直子と一緒に、東京に戻ることにした。

羽田空港に、亀井が、迎えに来てくれていた。

「警部も、大変ですね」

と、亀井は、十津川の顔を見るなり、いった。

「いつまでも、休暇を取っているわけにはいかないのでね。今日一日で、休暇は、終りだ」

十津川は、自分に、いい聞かせる調子で、いった。

「それで、クラークさんは、どうなったんですか？」

亀井は、十津川と、直子の顔を、等分に見て、きいた。

「今のままだと、有罪判決が、出てしまいそうなんだ」

と、十津川は、いった。

「だから、私は、有田公一が怪しいと、いってるんです」

直子が、声高に、いった。

「有田公一というと、例の翻訳会社の社長ですね。私が調べた——」

「彼のアリバイは、はっきりしているんですか？」

「十七日の夜から、十八日の早朝にかけてのアリバイでしょう？　彼は、その間、寝ていたと、いっています。まあ、たいていの人間は、同じように、寝て、朝、眼をさましますが」

亀井がいうと、直子は、ニッコリして、

「やっぱり、完全なアリバイじゃないんだわ」

「カメさん。有田は、結婚していたんだったね？」

と、十津川は、確かめるように、きいた。

「五歳年下の、みゆきという女性と、結婚しています。子供は、いません」

「当然、奥さんと一緒に住んでいるんだろう？」

「そうです」

「じゃあ、奥さんが一緒で、寝ていたことになる」

と、十津川は、いった。

「でも、妻の証言は、裁判では無視されるんじゃないの？」

「そうだよ。妻の証言は、証拠能力がないことになっている」

「じゃあ、完全なアリバイは、ないことになるわ」

直子は、鬼の首でも取ったように、はしゃいだ。

「しかし、十八日の朝、有田が、大分にいたという証拠もないんだ」

と、十津川は、いった。

「有田工房に行って、社長の有田公一と、会ってみたい」

と、十津川が、いうと、直子も、

「私も、有田公一という人に、会ってみたいわ」

と、いった。

亀井の運転する車で、神田に行き、雑居ビルの五階にある「有田工房」に、案内して貰った。

「私は、仕事がありますので、失礼します」

と、亀井が、帰ったあと、十津川と直子は、扉を開けて、中に入り、社長の有田公一に、会った。

十津川が、刑事と知って、有田は、うんざりした表情になって、

「今度は、どんな用件ですか？」

と、きいた。

「同じことを、お聞きしたいんです」

「加奈子さんのことですか。前に来た刑事さんに、話した通りですよ。翻訳の仕事上でのつき合いです。それに、彼女が亡くなったことには、私も、びっくりしています。クラークと、うまくやっていると、思っていましたからねえ」

と、有田は、いった。

十津川は、眉をひそめて、

「まるで、クラークが、殺したみたいないい方ですね」

「でも、容疑者として、彼が逮捕されたんでしょう？」

「そうですが、有田さんも、彼が、犯人と考えているんですか」

「もちろん、私も、クラークというアメリカ人が、好きですから、彼が犯人とは、考えたくありません。でも、新聞なんか読むと、クラーク以外には、考えにくいんですよ」

と、有田は、いった。

「四月十七日に、湯布院の加奈子さんから、五回、有田さんに、電話がかかっていますね？」

十津川が、きくと、有田はぶぜんとした表情で、

「あの電話のことは、亀井刑事さんに、はっきりと、お話ししましたよ」

「聞いています。加奈子さんが、お金が欲しいので、お金になる翻訳の仕事を世話してくれと、有田さんに、頼んだんでしょう」

「そうです。うちみたいな小さな会社では、特別に金になるような翻訳の仕事がないので、断りました。彼女も、納得してくれました。それだけのことです」

「加奈子さんのことを、どう思います？」

と、直子が、きいた。

有田は、困惑した表情になって、

「頭のいい、魅力のある女性だと、思いますよ」

「彼女に対して、ストーカー行為をしていた岡本卓郎という男がいるんですが、ご存知ですか？」

と、十津川が、きいた。

有田は、ますます、当惑の表情になった。

「もちろん、知りませんよ。その岡本という人が、どうかしたんですか？」

「死にました。殺されて、地中に、埋められていたんです」

「まさか、僕が、その男を殺したなんて、いわないでしょうね？」

「殺したんですか？」

「バカなことを、いわないで下さいよ。会ったこともない男を、どうして、僕が殺すんですか」

「加奈子さんと、あなたも、岡本卓郎も、知り合いでしたのでね」

と、十津川は、いった。

「そんな乱暴な理屈がありますか」

有田は、顔を赤くした。

それをしおに、十津川と、直子は、腰を上げた。

二人は、ビルを出ると、近くの喫茶店に入った。

「感情の起伏の激しい人だわ」

と、直子は、いう。

「だからといって、犯人とは、決めつけられないよ」

十津川は、慎重に、いった。

ウェイトレスに、二人は、コーヒーを頼んだ。

「でも、私は、彼が怪しいと思うわ」

と、直子は、頑固に、いった。

「理由は？」

「理由は、二つなの。第一に、アリバイが、あいまいなこと」

「でも、夜のアリバイといわれたら、誰だって、その時間は眠っているんだから、どうしても、あいまいなものになってしまうよ。もう一つは、何だね？」

「電話のこと」

「加奈子さんとの五回の電話のことか」

「相手の加奈子さんが、死んでしまっているから、電話の内容は、どんなにでも脚色できるわ」

と、直子は、いった。

「彼女が、金がいるので、金になる翻訳の仕事を頼み、それに対して、有田が、断ったという話は、信用できないというんだね」

「ええ。相手の加奈子さんが死んで、死人に、口なしだもの」

と、直子は、いった。

「じゃあ、君は、どんな電話だと、思うんだ？」

と、十津川が、きいた。

「犯人の動機になるような内容だったんだと思うわ」

「具体的に、いって貰わないと、わからないな」

「いいこと。加奈子さんは、夫のクラークと一緒のときには、有田に電話をかけていないんでしょう。と、いうことは、夫に聞かれては困るような話だと思うの」

「例えば？」

「有田が、翻訳の仕事を、加奈子さんに廻して、それにかこつけて、彼女を口説いていたんじゃないかと思うの。ストーカー的な行為もあって、加奈子さんは、困っていた。湯布院に、夫のクラークと、出かけたが、それを知った有田が、やって来そうになって、困った加奈子さんは、湯布院から電話をかけて、有田に、湯布院には来ないでくれと、頼んだんじゃないかしら？　それから、有田と口論になってしまった。腹を立てた有田は、湯布院にやって来て、彼女を、殺してしまった。私は、そんなストーリィを、考えてみたのよ。ぜんぜん、話にならない？」

　直子は、十津川を見た。

「話としては面白いが、証拠はないし、裁判では、無視されてしまうよ」

　と、十津川は、いった。

　推測では、クラークを、救うことは出来ない。

　少くとも、有田が、四月十七日から十八日にかけて、由布院に来ていたという証拠が、必要なのだ。

「これからどうするつもり？」

と、直子が、少しばかり、意気消沈した顔で、十津川を見た。

「クラーク夫妻のマンションに行ってみる」

と、十津川は、いった。

「それで？」

「加奈子さんが、由布院の猫の家で買った、三万円分のグッズが、宅配で、届いているはずだ」

「でも、クラークの無実を証明するものじゃないでしょう？」

「そうだが、見てみたいと思ってね」

と、十津川は、いった。

二人は、調布市内にある、クラーク夫妻のマンションに、廻ってみた。

七階建の中古マンションである。

十津川たちは、管理人に聞いてみると、やはり、湯布院から送られた宅配便は、管理人が、受け取ってくれていた。

管理人に、クラーク夫妻の部屋を開けて貰い、そこで、宅配便を開いた。

さまざまな猫グッズが、入っていた。

それを、外に出すと、一番底に、茶封筒に入った三枚の写真があった。

猫の家の女の子が、サービスに、デジカメで撮った三枚の写真である。

十津川は、裁判では、何の足しにもならない三枚のプリント写真を、一枚ずつ、見ていった。

精巧な猫の人形を抱えて、嬉しそうに微笑《ほほえ》んでいる加奈子の写真だ。

そこに、クラークが一緒に写っていれば、二人の仲の良さが、証明できるのに、肝心のクラークが、写っていない写真である。

そんな写真を、十津川が、あまりにも、熱心に見ているので、直子が、不審そうに、

「どうしたの？　役に立たない写真なんでしょう」

「そうなんだが、これをよく見てくれ」

と、十津川は、いった。

大きく、引き伸ばしたプリントである。

「加奈子さんしか、写っていないんでしょう？」

「ああ。だが、彼女の向うに、妙なものが、写ってるんだ」

と、十津川は、いった。

確かに、猫の人形を抱いて、笑っている加奈子が、大写しになっているのだが、その向うに、猫が、写っているのだ。

いや、正確にいうと、猫のお面をかぶった人間である。

「このお面は、あの猫の家に、売っていたものよ。覚えているわ」

と、直子は、いった。

おどけた猫のお面だった。

そのお面をかぶった人間が、じっと、カメラの方を見ている。

それは、加奈子を、見つめているようにも見えるのだ。

「いいか。三枚の写真がある。その一枚には、その人間は写っていない。一枚が、この写真で、ちゃんと写っている。面白いのは、最後の写真だよ」

十津川は、興奮している。

彼のいう写真には、同じ人間が、写っているのだが、奇妙なことに、お面から、顔が、三分の一ほど、はみ出てしまっているのだ。

「これは、多分、この人間が、デジカメを向けられて、あわてて、傍にあった猫のお面で、自分の顔をかくそうとしたんだと思う。それが間に合わなくて、顔の三分の一ほど、かくれなかったんだよ」

と、十津川は、いう。

「その人間が、写っていない三枚目の写真は？」

「あわてて、カメラのレンズの外に、逃げたんだと思うね」

と、十津川は、いった。

「あなたのいいたいのは――？」

「この人間は、男と思われるが、ずっと、加奈子さんを追いかけていたことも、考えられるんだ。正確にいえば、加奈子さんと、クラークだがね。猫の家にも入って来たが、ふいに、カメラを向けられて、あわてて、お面をかぶったんじゃないかね」

十津川は、じっと、写真を見つめながらいった。

直子も、急に、険しい表情になって、

「この男の人だけど、いったい、誰なのかしら？」

「お面から、こぼれた三分の一の顔は、サングラスをかけ、ひげを生やしているね」

「有田公一じゃないわ」

「どうして？」

「だって、加奈子さんは、四月十七日に、東京にいる有田公一に、電話をしているんだもの」

と、直子は、いった。

「いや、そうは、決めつけられないよ。この写真は、その前日のものだからね。十分、東京には戻れるよ」

と、十津川は、いう。

「じゃあ、この男が、有田公一の可能性も、あるわけね」

「可能性はね」

「でも、ひげ面《づら》だわ」

「つけひげかも知れない」

「身長はどのくらいかしら？」

「一七三、四センチだろう」

「それなら、今、会って来た有田公一と、同じくらいだわ」

と、直子は、いった。

「ジャンパー姿だが、これは、わざと、そんな恰好をしているのかも知れないな」

二人は、問題の男について、あれこれ、話し合った。

「何か、この男の特徴をつかみたいな」

と、十津川は、いった。

「もう一度、あの店へ行って、女の子二人に、聞いてみたら、どうかしら？　猫の面をつけていたお客なんて、珍しいから、覚えているかも知れないわ」

「私は、今日一日しか、休暇は、取れないんだ。悪いが、君一人で、行って来てくれないか」

と、十津川は、頼んだ。

「いいわ。明日、もう一度、由布院へ行ってくる」

と、直子は、いった。

3

翌朝早く、直子は、ひとりで、羽田から、出発した。

博多からは、列車で、由布院に着く。

着くとすぐ、猫の家に向った。店は、相変らず、若い観光客で、一杯だった。

直子は、店番をしている二人の女の子に、三枚の写真を見せた。

「これは、あなた方が、サービスで、撮った写真ね」

「ええ。よく覚えています。三万円も、買って下さったお客さまですから」

と、一人が、いう。

「彼女の向うに、猫のお面をつけた男の人が、写っているでしょう」

直子が、いうと、二人の女の子は、クスクス笑い出して、

「カメラを向けられて、あわてて、傍にあった猫のお面をかぶってしまったんですよ。おかしなお客さまでした」

と、一人が、いった。

「この男の人のこと、覚えている？」

「ええ。よく覚えています。あわてた様子が、おかしかったから」

「それで、この男の人のことで、覚えていることを、どんなことでもいいから、話して欲しいの」

と、直子は、いった。

「どうしてですか？」

「私の知っている男の人に、よく似ているの。これ、四月十六日に、写したものでしょう？」

「ええ。十六日の午後です。写真に、日付が、入っていますわ」

と、一人が、いった。

4・16　PM3・45と、数字が、出ている。

「私の友人だけど、四月十六日には、湯布院には行っていないっていうのよ。でも、この写真の人が、彼だと思うわけ。私が正しければ、高い時計を奢《おご》って貰えることになってるの」

と、直子は、いった。

「そんなに、似てるんですか？」

女の子は、少しずつ、話にのってきた。

「ええ。でも、ひげがねえ。彼は、ひげがないのよ。私は、この写真の方は、つけひげだと見てるんだけど、あなたたち、どう思う？」

と、直子は、きいた。

「さあ？」

二人の女の子は、顔を見合わせた。が、どちらとも、いわなかった。

「彼が、かぶったお面は、まだ、ここにあるかしら？」

と、直子は、きいた。

「まだあると思います。お面は、あまり、売れませんから」

と、女の子は、いい、一人が、二つのお面を持って来てくれた。

写真のと同じ、おどけた猫のお面だった。

「これは、二つ仕入れたんですけど、ずっと、売れずにいるんです」

と、女の子は、いう。

「じゃあ、この二つの、どちらかを、写真の男の人は、かぶったわけね？」

「ええ」

「二つとも頂くわ」

と、直子は、いった。

代金を払ってから、直子は、

「この男の人のことで、覚えていることがあったら、何でも話してくれない？」

と、もう一度、二人の女の子に、いった。

「何にも買わなかったわ」

と、一人が、同僚に向って、いった。

「そう。結局、何も買わなかった」

「ひとりで、入って来たのね？」

直子は、確認するように、きいた。

「ええ」

「お面をつけて、カメラの方を見てるんだけど、カメラを見てるのかしら？」

「それはないと思いますわ」

「じゃあ、猫の人形を抱いた彼女を見ているのかしら？」

「そうだと思います。写真の女の人を、前から、ちらちら、見てましたから」

「それ、間違いない？」

「ええ。私も、そんな気がします」

と、別の女の子も、いった。

「どんな感じの男だった？」

「ちょっと、変な人だと思いました」

「どうして？」

「普通、猫のグッズを見るときは、たいてい、サングラスは、外すんです。それなのに、この男の人は、ずっと、サングラスをかけたままでした。それも、色の濃いサングラスなんですよ。ここのグッズは色のきれいなのが、自慢なんです。あんな濃いサングラスのままで、色の美しさがわかるんだろうかと、不思議な気がして」

と、女の子は、いう。

「他に、おかしなところは、なかった？」

「お店を出てからなんですけど――」

「三枚目の写真には、写ってないから、その時には、店を出てしまっていたわけね」

「ええ。あわてて、お面を戻して、お店を出て行ったんですけど、道路の向う側にいって、こっちを、じっと見てたんですよ」

と、女の子は、いう。

「向うって、小さな、クレープの店があるわね」

直子は、そちらに視線をやった。

屋台のような、クレープの店があり、その前で、若い女が二人、クレープの立ち食いをしている。

「あのお店の横に立って、じっと、こっちを見ていたんですよ。ちょっと、気味が悪かった」

と、女の子は、いうのだ。

「誰を見てたのかしら？」

「そこまでは、わかりませんけど、こちらのお店を見てたのは、間違いありませんわ」

と、女の子は、いった。

「男の人の服装だけど、写真で見ると、黒っぽいジャンパー姿だけど、何か、特徴を、覚えてない？」

と、直子は、きいた。

「背中に、マークが、入ってたと思うんですけど」

と、一人が、いった。

「入ってたかしら？」

と、もう一人が、首をかしげる。

「あれは、マークというより、英語だったわ」

「英語？　そういえば、何か、白いローマ字が、入ってたわ。思い出した」

「なんて描いてあったんだったかなあ」

と、二人は、小声で喋り、メモ用紙に、あれこれ、書きつけていたが、

「これだと思います」

と、直子に、メモを見せた。

〈××××　CAR CLUB〉

「この××××のところは、覚えてないんですけど。あとの、カークラブのところは、間違いありません」

と、女の子は、いった。

「白い字で、描いてあったのね？」

「そうです」

「ありがとう」

と、直子は、礼をいった。

「時計が、貰えると、いいですね」

「え？」

と、いってから、直子は、あわてて、

「そうなのよ。きっと、腕時計を、せしめてみせるわ」

と、いった。

直子は、二つの猫のお面を袋に入れて貰って、店を出た。

今日は、由布院に泊まることにして、ホテルにチェック・インした。

部屋に入ると、直子は、まず、水島弁護士に、電話をかけた。

「クラークは、どうしています?」

と、直子は、きいた。

「今日も、午前中に、面会に行って来ましたが、元気が、なかったですね。自分が、この国で、孤立していると、感じるからじゃありませんかね。それで、相変らず、自分は、人種差別を受けている。裁判官も、最初から、自分に対して、偏見を持っているから、有罪になるに決っていると、いうんですよ」

水島の声は、沈んでいる。

「裁判は、正直にいって、勝てると思っていらっしゃるんですか?」

と、直子は、不遠慮に、きいてみた。

「弁護士は、いつも、勝てると思って、弁護してるよ」

と、水島は、いう。だが、彼は、続けて、

「こちらに、有利な証拠をと、横山弁護士と二人で、必死に探しているんですが、いっこうに、見つからんのですよ」

とも、いった。

「今のままでは、負けそうと、いうことですの?」

「全力をつくしますが、何か、一つでも、有利な証拠が、欲しいですね」

多分、それが、水島弁護士の本音なのだろう。

「どんな証拠があれば、いいんでしょう？」

と、直子は、聞いた。

「クラークは、殺された奥さんと、同じホテルに泊っていたんですから、アリバイは、もともと、ありません。ですから、二人が、由布院でも、仲が良かったという証言なり、証拠写真があればいいと、思っているんですがねえ」

と、水島は、いう。

猫の家で、彼女一人で撮られた写真は、かえって、マイナスになってしまうだろう。

「Fホテルの従業員の証言は、駄目なんですか？」

「それがですね。Fホテルでは、恋人同士とか、夫婦の泊り客に対しては、なるべく、干渉しないようにするというのが、方針だそうで、クラーク夫妻に対しても、放っておいたというのです。それがサービスということで。だから、従業員の証言は、無理なんですよ」

水島は、いった。

「四月十六日に、クラークは、奥さんの加奈子さんと、湯布院の町を廻っています。馬車に乗って、美術館めぐりをしたり、金鱗湖のまわりの店に入ったり、そばを食べたりしているんです。夫婦仲良くですわ。そこの店の人たちは、有利な証言をしてくれるのではないでしょうか？」

直子が、いうと、水島は、

「それは、クラークにいわれて、調べてみました」

と、いう。

「それで、役に立ちませんの？」

「確かに、二人が立ち寄った店の従業員は、二人が仲良く見えたといっています。しかし、四月十六日だということが、問題なんです。と、いうのは翌四月十七日に、クラークは、由布岳に登り、妻の加奈子は、町を散策しました。クラークは、別に、ケンカをしたわけではないと、いっていますが、検事側は、ケンカをしたので、別行動をとったのだと見ています。そして、それが、十八日朝の、加奈子の死に、つながったというわけです。ですから、十六日に、仲が良く見えたといっても、今回の事件では、さほど、説得力がないのですよ」

と、水島弁護士は、いう。

「駄目なんですか？」

「私としては、十七日に、二人が、別行動をとった後でも、仲が良かったという証言が、欲しいのです。ところが、今、いったように、Fホテルの従業員の証言が、得られないのですよ。クラークが、ホテルに帰ってから、翌朝まで、妻の加奈子と、仲良く過ごしていたという証言が得られないので、困っているんです。その時間が、重要なのでね」

水島の声は、どうも、弾《はず》んで来ない。

「お聞きしていると、何だか、滅入ってしまいますけど」

「私たち弁護団も、当惑しているのですよ。十三歳の時のクラークが、母親を射殺したことが、マスコミで、報道されて、これは、間違いなく、裁判官の心証を悪くしますからね」

「それは、県警が、マスコミに、リークしたんですわ」

「それは、わかっていますが、事実ですから、文句はいえません。事実は、くつがえすことは、出来ませんから」

と、水島は、いった。

「もし、真犯人が見つかれば、クラークは、釈放されますわね」

直子が、いうと、水島は、びっくりしたらしい。

「真犯人を、ご存知なんですか？」

と、水島が、きく。

「まだ、わかりませんけど、クラークが、犯人でなければ、真犯人が、他にいるわけでしょう」

「そうですが、私たち弁護士の仕事は、警察ではないので、犯人を探すことじゃないんです。法廷で、検事と戦って、被告の無罪をかち取ることなんです」

と、水島は、いった。

「でも、どうしても、裁判で、勝てないときは、真犯人を探すより仕方がないと、思いますけど」

直子は、そういって、電話を切った。

第五章　男を追う

1

「唯一、期待できるのは、例の猫の面をかぶった男なの。その男が、真犯人なら、クラークは、助かるわ」

と、直子は、電話で、夫の十津川に、いった。

「君は、写真に写っている男が、有田公一じゃないかと思っているんだろう？」

「ええ。今、関係者の中で、それらしい男というと、有田しか思い浮ばないのよ」

「私も、そう考えたが、残念ながら、写真の男は、有田じゃないよ」

と、十津川は、いった。

「本当なの？」

「ああ。有田公一の、アリバイを、調べたんだよ。四月十六日のアリバイだ。この日、彼は、東京を離れていない」

「それ、間違いないの？」

「カメさんたちに、裏付けを、とって貰ったんだ。有田は、この日、金井満という翻訳家と、三杉明というカメラマンと三人で、新宿のレストランで、昼食をとっている。仕事をしながらの昼食だったので、一時間半ぐらいかけた。そのあと、社に戻り、二時から、イギリスの作家と、会っている。その後、午後六時に、神楽坂《かぐらざか》の日本料亭で、この作家の翻訳を出すK社の編集者を交えて、三人で、夕食をとっている。終ったのが、午後九時。だから、四月十六日は、有田が、由布院へ行くことは、不可能なんだ」

「それじゃあ、どうすればいいの？」

と、直子が、きく。

「だから、写真の男は、有田じゃないんだ。しかし、この男が、四月十六日に、クラーク夫妻を尾行していたことは、間違いないんだ」

「ええ」

「と、すれば真犯人の可能性がある」

「わかったわ。写真を、クラークに見せて、この顔に、見覚えがあるかどうか、聞いてみる」

と、直子は、いった。

直子は、すぐ、水島弁護士に会い、例の写真を渡した。

「この男は、クラーク夫妻を、四月十六日に、尾行していたんです。身長一七三センチくらい、がっしりした身体つきです。クラークに見せて、この男に、見覚えがないかどうか、聞いてみて下さい。この男が、真犯人の可能性があるんです」

と、直子は、いった。

水島は、その日の中《うち》に、再び、クラークに、会って来てくれたが、戻ってくると、

「駄目でした」

と、残念そうに、直子に、いった。

「駄目って、どういうことなんですか？」

「クラークは、写真の男に、全く、記憶がないといっているんです。何回も、念を押しましたが、同じでした。それに、顔は三分の一しか、写っていませんし。クラークは、知らない男だと、いっています」

「知らない男——なんですか」

直子も、がっかりした。

と、すると、加奈子の方の知り合いだろうか？

しかし、加奈子が死んでしまった今、彼女の関係者の中から、写真の男を、特定することは、難しいだろう。

直子は、東京の夫に、電話した。

「クラークは、写真の男に、見覚えがないと、いっているわ。だから、あとは、加奈子さ

んの知り合いということになってくるんだけど」

「難しいな」

「そうなのよ。肝心の加奈子さんが、死んでしまっているから」

「それに、クラークが、知らないとすると、加奈子さんだけが、知っている男ということになって、見つけ出すのは、難しいと思うよ」

「こういうことは、考えられないかしら。写真の男は、犯人でなくて、犯人に頼まれて、由布院でのクラーク夫妻の行動を、監視していた。お金で、頼まれてね。だから、クラークの知らない男だったんじゃないかしら？」

「私立探偵みたいな人間か」

「そうよ。犯人は、その男から、クラーク夫妻の四月十六日の様子を聞いて、翌、十七日に、由布院にやって来て、十八日の早朝、加奈子さんを殺したんじゃないかしら。今日、改めて、クラーク夫妻の泊った部屋を見て来たけど、あのホテルでは、全ての部屋が、独立した離れ形式になっているから、犯人が、簡単に、忍び込めるのよ」

「しかし、四月十六日に、金で傭《やと》った私立探偵に見張らせておいて、どうして、急に、犯人が、由布院にやって来て、加奈子さんを殺したんだ？」

と、十津川が、きいた。

「それは、こういうことだと思うの。犯人は、クラークと結婚した加奈子さんに、まだ、未練を持っていた。私立探偵を使って、由布院の二人を監視させ、報告を受けていたのよ。もし、クラーク夫妻が、ケンカばかりしていたら、犯人は、ほくそ笑んだと思う。でも、クラーク夫妻は、由布院でも仲が良かった。その報告を受けて、犯人は、かっとして、由布院へやってきて、彼女を殺してしまった。そういうことだと思うのよ」

「君は、まだ、有田のことを考えているんじゃないのか？」

「ええ。四月十六日のアリバイがあっても、今のように考えれば、有田が、犯人である可能性が出てくるわ」

と、直子は、いう。

「それは、駄目だったよ」

「どうして？」

「加奈子さんは、四月十八日の早朝に殺された」

「ええ」

「その十八日の午前九時に、有田は、社に出勤している。このことは、社員が、見ているんだ。カメさんが、裏をとったんだ。九州の由布院で、朝、殺人をやってから、午前九時に、東京に来ることは、不可能だよ」

と、十津川は、いった。

「それも間違いないの？」

「ああ、間違いない」

「参ったなあ」

と、直子は、溜息をついた。

「だから、有田が、犯人だということは、絶対に、あり得ないんだよ」

「じゃあ、あとは、誰が残っているの？」

「それを、探すんだよ」

と、十津川は、いった。

「探すっていったって、私の知っている限り、他にはいないわ」

「だが、加奈子さんは、殺されたし、四月十六日に、男が、猫の家で、クラーク夫妻を監視していたことは、事実なんだ」

「それは、そうだけど、写真の男が、いったい誰なのかわからないんじゃ、話にならないわ」

「男のジャンパーの背中に書かれていた文字が、あるじゃないか」

「ああ、――ＣＡＲ　ＣＬＵＢの文字ね」

「それが、どこのカークラブか、わかれば、男の身元も、割れるかも知れない」

「あなたが、調べてくれるのね？」

「ああ。日本の有名なカークラブの人たちに、調べてくれるように頼んでおいた」

と、十津川は、いった。

2

しかし、翌日、そのカークラブの代表から、十津川に、電話が入った。

「十津川さんのいわれた、××カークラブのジャンパーですがね。日本中のカークラブに当ってみたんですが、黒いジャンパーに、白文字で、それだけ描かれたものは、無いというんですよ」

「ありませんか？」

「文字の他に、何か、マークは、入っていないんですか？　例えば、車のシルエットとか、タイヤのマークとかですが」

「いや、文字だけです」

「となると、こちらで調べた限りでは、見つからないのですよ。申しわけありませんが」

と、相手はいった。

また、手掛りは、消えてしまった。

十津川は、念のために、由布院の猫の家に、電話をかけ、聞いてみたが、店番の女の子は、きっぱりと、

「白いローマ字しか、描いてありませんでした」

と、いった。

その夜、十津川は、家で、なかなか寝つかれず、深夜テレビに、ぼんやり、眼をやった。見るともなく、見ていたと、いっていいだろう。

アメリカの地方都市が、映っていた。それが、ドラマなのか、アメリカレポートといったものなのかはわからなかった。

ただ、そこに出てきた男が、ジャンパーを着ていて、その背中に、「NSS CAR CLUB」の文字が、あったのだ。

その文字は、白ではなく赤で、ワシのマークも、入っていた。だから、猫の家で見た男のジャンパーの文字とは、関係はないだろう。

ただ、十津川は、別のことを考えて、眼を光らせた。

アメリカである。

アメリカは、広いし、世界一の自動車王国である。日本に比べたら、何倍も、いや、何十倍ものカークラブがあるだろう。

それに、クラークは、アメリカ人なのだ。

十津川は、由布院にいる直子に、電話をかけた。

彼女が、電話口に出たが、不機嫌だった。

「今、何時だと思ってるの？」

と、声を、とがらせる。

「午前一時二十分かな」

「何の用？」

「もう一度、アメリカへ行ってくれ。私が行きたいが、他の仕事がある」

「なぜ、もう一度、私が行かなければならないの？　アメリカ時代のクラークのことは、もう、全部、調べて来たわ」

「クラーク自身のことじゃないんだよ」

「どういうことなの？」

「例のジャンパーの背中にあった、白い、――カークラブの文字のことなんだけど、調べて貰ったが、どうも、日本にはないクラブみたいなんだな。がっかりして、深夜テレビを見ていたら、アメリカ地方都市が映っていて、その画面の中の男が、似たようなカークラブのジャンパーを着ていたんだ」

「似ていただけなんでしょう？」

「そうだが、アメリカなら、日本の何倍、何十倍のカークラブがあるんじゃないかと思ったんだよ」

「それで、私に、アメリカへ行けというの？」

「そうだよ」

「ちょっと、待ってよ」

「何だい？」

「アメリカが、どれだけ広いか、知っているの？」

「知ってますよ」

「広いアメリカを、同じジャンパーを探して歩き廻ったら、一年、いえ、二年たっても、帰って来られないわよ」

と、直子は、腹立たしげに、いった。

「そうじゃないんだ」

と、十津川は、いう。

「何が、そうじゃないの？」

「私が、考えたのは、こういうことなんだ。写真の男は、ひょっとすると、アメリカからやって来たんじゃないかということなんだよ」

「でも、日本人の顔よ」

「アメリカにだって、日本人は、住んでいるし、二世、三世となったら、何百万人もいるよ」

と、十津川は、いう。

「でも、それだけで、私に、アメリカで、何を調べろというの？　アメリカ中を歩き廻るのは、ごめんよ」

「行くのは、サンフランシスコだよ」

「サンフランシスコ？」

　と、直子は、おうむ返しにいってから、

「サンフランシスコって、いえば、そこの高校で、乱射事件があって、クラークが、ヒーローになったところじゃないの？」

「そうだ。この事件の詳しい事情を調べて来て欲しいんだよ」

　と、十津川は、いった。

「それ、調べたわよ。ライフルを持ち込んだ、その高校のＯＢの名前もわかっているし、たまたまクラークが、問題の日、拳銃を持って、登校していて、偶然、友だちを救うことになったことも、あなたに、報告した筈だわ」

「わかっているよ。本当は、クラークが、殺人鬼になる筈だったのに、ヒーローになってしまった事情もね」

「他に、何を調べることがあるの？」

　と、直子が、きいた。

「クラークに、射殺された、ＯＢのことだ。名前は、確か、Ｂ・ハックマン、二十歳と、向うの新聞にのっていた」

「ええ」

「この男のことを、調べて貰いたいんだよ」

「でも、彼は、自分の出身高校で、乱射事件を起こし、生徒たちを死傷させたあと、クラークに、射殺されたのよ。その日に、死んだ人を、どう調べろというの？」

「彼の家族のことだよ。彼の家族が、その後、どんな生き方をし、現在、どうしているか、それが、知りたいんだ」

と、十津川は、いった。

「大変な仕事に、なるかも知れないわよ」

「わかっているが、どうしても、知りたいんだよ」

「それが、クラークを助けることになるの？」

「可能性がある。わずかな可能性だがね」

と、十津川は、いう。

直子は、考えていたが、

「あなたの考えてることは、わかるわよ。クラークに射殺されたB・ハックマンの家族が、クラークを、日本まで追いかけて来たという想像なんでしょう？」

「そんなところだ」

「でも、猫の家にいた、写真の男の人は、日本人か、アジア系の顔をしているじゃないの。

でも、B・ハックマンというのは、どう考えても、日本や、アジア系の名前じゃないわ」

「それは、わかっているんだが、それを、確認したいんだ。それが、クラークを助ける唯一の方法だと、私は、思っているんだよ」

「他に、方法はないの？」

「ないな」

と、十津川は、いった。

「仕方がないわ。もう一度、アメリカへ行ってくる。でも、期待しないでね」

「いや、期待しているよ」

と、十津川は、励ますように、いった。

翌日、直子は、再び、アメリカに向って、成田を飛び立った。

持参したのは、猫の家で撮られた例の写真一枚だった。

3

サンフランシスコに着くと、直子は、まず、事件を扱った警察署に、足を向けた。

署長に会う。

前に来たときも、いろいろと、答えて貰っているので、署長も、直子を覚えていた。

太った大男で、しきりと、ハンカチで、汗を拭きながら、応対した。

「あの事件のことなら、資料を差し上げた筈ですが」

と、署長は、いう。

「それは、拝見しています。今度、来たのは、高校に、ライフルを持って侵入し、乱射したB・ハックマンのことなんです」

「彼は、その直後、クラーク少年に、射殺されました。それも、もう、ご存知ですね」

「ええ。私が、知りたいのは、B・ハックマンという人が、どういう人かということなんです」

と、直子は、いった。

署長は、大げさに、眉をひそめて、

「どうして、そんなことに、関心を持つんですか？　ライフルを乱射したあげくに、射殺されてしまった。もう、生きていない人間のことを、調べて、どうするんです？」

「彼の家族のことを、教えて頂きたいんです」

「あの事件の直後、家族は、行方不明です。居たたまれなくなったんでしょうね。もう、忘れてあげた方が、家族のためだと思いますよ。この時B・ハックマンは、二十歳で、両親には、責任が、ないわけですからね」

署長は、大きな声で、いった。

「でも、あの時、何人も、死傷者が、出たわけでしょう？」

「生徒の六人が、射殺され、五人が、負傷しています」

「その人たちへの賠償は、どうしたんでしょうか？　アメリカは、訴訟社会だから、死傷した生徒の父母は、B・ハックマンの家族に、賠償を請求したんじゃありません？」

と、直子は、きいた。

「ええ。訴訟は、起こされましたよ。その結果、B・ハックマンの両親は、会社を売却し、無一文になって、姿を消したんです。全部で、五百万ドルくらいの金額を支払ったと、聞いています」

「今、B・ハックマンの家族が、何処にいるかわかりますか？」

「わかりません。われわれも、行方を、調べる気もありません。B・ハックマンの両親は、全てを失ったわけですからね」

と、署長は、いう。

「家族は、両親と、あと、B・ハックマンの兄弟は、いたんですか？」

「弟と、妹が、一人ずつ、いると、聞いています」

「名前は？」

「名前は、ここでは、わかりませんね。事件に、弟や妹が関係しているわけじゃありませんから」

と、署長は、いう。

「何処に行ったら、わかるでしょうか？」

直子が、きくと、署長は、肩をすくめて、

「わかりませんなあ。どうして、そんなことに、拘《こだ》わるんですか？」

と、きく。

直子は、構わずに、

「あの高校に行ったら、わかるでしょうか？」

「そうねえ。行ってみたら、どうです。とにかく、ずいぶん、前のことですからねえ」

署長は、面倒くさそうに、いった。

直子は、クラークの母校の高校に、廻ってみた。

校長に会った。校長も、直子は、前に来たときに、会っていた。

「あの事件のことは、いつまでたっても、忘れられません。悲しいことです」

と、校長は、直子に、いった。

「今日は、B・ハックマンのことを、伺いに来たんです」

「彼は、亡くなりました。すでに、罪は、許されていると思います」

と、校長は、いう。

「彼の両親は、死傷した十一人の生徒について、五百万ドルの賠償金を払ったと、聞いたんですが」

「ええ。両親は、ここで、不動産会社を、経営していたんですが、それだけの賠償金を払ったので、全財産を使い果たし、いなくなりました。今でも、行方不明です」

と、校長は、いった。

「責任はとったんですね」

「そうです」

「立派な方だったんですわね？」

「そうですよ。父親は、社会的にも、信用のある人物だったたし、母親は、慈善事業に、熱心でした」

「弟と、妹が、いたと、聞いたんですが」

と、直子は、いった。

「ええ。二人とも、Ｂ・ハックマンの両親が、里親になっています」

「じゃあ、Ｂ・ハックマンとは、本当の兄弟じゃなかったんですか？」

「ええ。でも、両親は、全く、わけへだてなく、育てていましたよ」

「その弟と、妹のことを、詳しく話して頂けませんか」

と、直子は、頼んだ。

「妹の方は、確か、事件のときは、まだ、小学生で、ベトナムの孤児だと聞いています。名前は、ちょっと、わかりません」

「弟は、どうです？」

「こちらは、よく知っていますよ。何しろ、この高校の生徒でしたから」

「ここの生徒だったんですか？」

「そうです。ただし、不登校で、殆ど、学校に来ていませんでしたが」

「名前は、わかりますか？」

「ケンジ・ハックマンです」

「ケンジ？　日本人ですか？」

「日系人だとは、聞いています。両親が、次々に病死して、ケンジが、六歳の時に、孤児になったのを、養子にしたんだと、聞いていましたね」

「なぜ、彼は、この高校で、不登校になってしまったんですか？」

「いじめです」

「いじめで、不登校になったんですか？」

「そうです」

「B・ハックマンが、この高校に、ライフルを持って、乗り込んで来たのは、弟の不登校のことも、原因でしょうか？」

と、直子は、きいた。

「それは、考えられないことじゃありませんね。B・ハックマンは、養子として、自分の家に来た弟と、妹を、大変、可愛がっていたそうですから」

「今まで、彼が、ライフルを乱射した動機は、何だと、考えていたんですか？」

「何しろ、彼が、死んでしまったので、正確な動機は、わからないのです。社会全体への不満を、自分が卒業した高校にぶつけたのかも知れませんし、今、いったような、いじめで不登校になった弟の復讐だったかも知れません」

と、校長は、いった。

「B・ハックマンの弟さんの写真は、ありませんか？」

直子が、いった。

「探してみましょう」

と、校長は、いい、しばらく、席を外していたが、やがて、一枚の写真を持って、戻ってきた。

「ケンジは、不登校で、殆ど、学校へ来ていないので、この写真しか、ありませんでした。この最前列の右から五人目が、ケンジです」

と、直子に、いった。

何しろ、十代の時の写真である。猫の家で撮られた写真の男と、同一人かどうかは、判断しかねた。

「彼が、クラークと、顔見知りだったことは、考えられますか？」

と、直子は、きいてみた。

「それは、ちょっと考えられませんね。学年が違うし、今もいったように、ケンジは、不登校で、殆ど、学校へ来ていませんから」

と、校長は、いった。

「どうにかして、B・ハックマンの家族に、会いたいんですが、どうしたら、会えるでしょうか?」

「私にも、わかりませんね。警察も、わからないと思いますよ」

「アメリカに、いるかどうかも、わかりませんか?」

「わかりません」

と、校長は、いうのだ。

直子は、ケンジが、写っている写真を、コピーして貰い、それを持って、高校を出た。

ホテルを探して、チェック・インしてから、東京の十津川に、電話をかけた。

「あなたの予想が、当ったわ」

と、直子は、いった。

「関係者の中に、日本人か、東洋人が、いたということか?」

「高校の事件で、乱射したB・ハックマンに、弟がいたの。両親が、日系人の孤児を養子に迎えたんだけど、名前は、ケンジ・ハックマン」

「ケンジか」

「兄弟仲は、とても良かったそうよ。その弟は、同じ高校に入っていたんだけど、いじめを受けて、不登校になっていたというの」

「それで、弟の仇《かたき》を討ちたくて、兄は、ライフルを持って、高校に殴り込みをかけたのかも知れないな」

「校長も、その可能性は、あるといっていたわ。ただ、B・ハックマンが、死んでいるので、正確なところは、誰にも、わからないとも、いっていたけど」

「クラークは、ケンジのことを、知っているのかな?」

「学年が違うし、ケンジは、不登校で、殆ど、登校していないから、知らないだろうって」

「それで、納得できるね。猫の家の写真を見ても、クラークが、知らない顔だといった理由がさ」

「あなたは、写真の男が、ケンジだと思っているわけね」

「そうだ」

「でも、まだ、証拠はないのよ」

「可能性は、あるよ」

「ええ。でも、どういうストーリイになってくるの?」

と、直子は、十津川の考えを、きいた。

「兄弟は、仲が良かったんだろう？」

「ええ」

「ケンジは、こう考えたと、思うんだよ。自分は、いじめられて、学校へ行かなくなった。好きな兄のハックマンは、その仇を討ちに、ライフル片手に、高校へ乗り込んでくれたのに、クラークに、射殺されてしまった。クラークは、兄の仇だ。その上、よく聞くと、クラークも、拳銃を持って、あの日、学校へ行ったのに、偶然、彼は、ヒーローになってしまった。どうして、兄貴が、犯罪者で、クラークが、ヒーローなのか。おかしいじゃないか。そんな気持が、次第に、殺意に変っていった。それには、ケンジの境遇も、影響していると思うよ。その後、不幸が、彼を襲ったら、復讐心は、強くなっていくだろうからね」

と、十津川は、いう。

「それで、今になって、クラークが、日本にいて、幸福な結婚をしているのを知って、やって来たというわけね？」

「そうだ」

「でも、なぜ、犯人は、クラークでなく、妻の加奈子さんを殺したの？　なぜ、クラークを、殺さなかったのかしら？」

直子が、きく。

「それは、こう考えたら、いいんじゃないかな。ケンジは、尊敬し、あこがれていた兄を、殺された。同じ、悲しみを、クラークに、味わわせてやりたい。そのためには、クラークを殺さずに、彼が、愛している妻を、殺してやればいい。妻を殺して、クラークを、その犯人に仕立ててやれば、それ以上の復讐はないと、ケンジは、考えたんじゃないのか」

と、十津川は、いった。

「前に、岡本卓郎が、何者かに殺され、埋められた事件があったでしょう。あの犯人も、ケンジだと思うの？」

「それは、わからない。しかし、ケンジが、犯人だとすれば、クラークに、その殺人の罪もきせ、彼をさらに追いつめるつもりだったのかも知れないな」

と、十津川は、いった。

「そうね。あなたの話で、一応の説明はつくんだけど、今の段階では、何の証拠もないわ。裁判で、ケンジの名前を出したって、裁判官は、何の考慮もしてくれないと思うわ。何しろ、クラークが、高校生の頃の話だから」

「確かに、君のいう通りだ。裁判官は、ケンジを連れて来いと、いうだろうからね」

「だから、これから、彼の家族を、見つけ出すわ。そして、ケンジが、今、何処にいるか、聞き出そうと思うの」

「大丈夫か？」

「私を、アメリカへ行かせたのは、あなたよ」

と、直子は、いった。

「そうだが、アメリカは、やたらに広い」

「それは、私のいったセリフよ」

「それに、ケンジの家族の足跡は、つかめてないんだろう？」

「ええ。でも、何とか、見つけ出すわ。何とかして、クラークを助けたいのよ」

「その点は、私だって、同感だ。ただ、君には無理はさせたくない。ケンジという日系人を見つけ出しただけでも、大変なお手柄だよ」

「明日は、ケンジの両親がやっていた不動産会社へ行ってみるわ。とっくに潰れてしまっているんだけど、何とか、足取りは、つかめるかも知れないから」

「無理はするなよ」

「私は、大丈夫だから、クラークに、もう少し、辛抱して、がんばるように、いって欲しいの」

「私は、会えないから、水島弁護士に、頼んでおくよ」

と、十津川は、いった。

4

翌日、直子は、まず、レンタ・カーを借り、それに乗り、昨日、警察署に教えられた、サンフランシスコの郊外に向った。

道路地図を見ながら、二十分も走ると、ハイテク産業のビルについた。

以前、B・ハックマンの父親が、不動産会社をやっていたビルである。

受付で、来意を告げると、やたらに背の高い、金髪の女が、出て来て、この会社の広報担当だという。

「何のご用でしょうか？」

と、ニッコリ微笑していう。

(また同じ説明をしなければならないのか。どの国も同じだな)

と、直子は思いながら、

「日本から、このビルの前の持主のハックマンさんに会いに来たんです。彼の消息を知っている方は、いらっしゃいませんか？」

と、いった。

相手は、小さく肩をすくめて、

「存知ません」

「でも、今の社長さんは、ハックマンさんから、このビルをお買いになった筈ですわ。社長さんに聞いて貰えません。これには、殺人事件が絡んでいて、協力して頂かないと、面倒なことになると、思うんですけどね」

と、直子は、脅した。

それで、やっと、のっぽの広報担当は、社長室に、電話をかけてくれた。

そのあとで、彼女は、

「社長の話をお伝えします。確かに、ゲイル・ハックマンさんから、このビルを買った。その時、ゲイルさんが、元気がなかったので、これから、どうするのかと聞いたところ、ユタの田舎《いなか》で、のんびり暮らすと、答えたそうです。社長が知っているのは、それだけだそうですわ」

と、いった。

(ユタ州で、田舎暮らしか)

「ユタといっても、広いんですけど、ユタ州のどの町でしょうか?」

と、直子は、きいた。

女は、また、社長室に、電話していたが、今度は、

「ユタ州の、Xという小さな町です」

と、教えてくれた。

今も、ゲイルたちが、そこにいるかどうかわからなかったが、とにかく行ってみるより、仕方がないだろう。

直子は、空港に電話をかけ、ユタ行の便が、何時に出るかを聞いてみた。

シャトル便があるというので、直子は、空港に向った。

レンタ・カーを、空港で乗り捨て、四十分待って、ユタ行の便に、乗った。

ジェット機が、離陸したとたんに、直子は、自分に腹が立ってきた。

(どうして、こんな面倒なことを、引き受けてしまったのかしら?)

と、思う。

クラークは、助けたい。が、これから、何処へ行ったらいいか、見当がつかないのだ。

飛行機は、だいぶ、揺れた。ユタ空港で、小型機に乗りかえXに向う。Xに着くと、直子は、ここでも、まず、レンタ・カーを借りた。

サンフランシスコに比べると、はるかに、小さな町だが、何処を探したらいいのか、わからない。

直子は、レンタ・カーを走らせ、警察署を見つけて、車をとめた。

中に入って、パスポートを見せ、人探しをしているのだと、いった。

ゲイル・ハックマン夫妻で、日系の男の子と、ベトナム孤児の女の子がいる。十年以上前に、サンフランシスコから、引っ越して来た筈だと、説明した。

署長は、古参の刑事たちと、話し合っていたが、

「ここから車で一時間ほど行ったところに、農家があって、確か、そこに、あなたのいった家族が、住んでいたことがある」

「じゃあ、今は、住んでいないんですか？」

「ああ。今は、廃屋になっている」

と、署長は、いった。

「何処へ引っ越したか、わかりませんか？　日本から来たので、どうしても、この人たちに会いたいんです。せめて、消息を知っている人に、会いたいと思います」

直子が、食いさがると、署長は、刑事の一人に向って、

「ゲイルの娘の方は、小学生だったね」

「そうです」

「小学校へ行ってみますわ」

と、直子は、いった。

署長に、小学校の場所を教えて貰って、直子は、レンタ・カーを走らせた。

広い牧場を通り抜けると、小高い丘の上にある小学校だった。

小さな学校だが、スクールバスが、五台も、とまっていた。遠い町から、生徒が、やってくるのだろう。

そこで、校長に会った。

小さな学校なので、ハックマン夫妻の娘のことを、よく覚えていた。

「リンちゃんは、頭のいい子でしたよ」

と、女の校長は、いう。

「いつ頃、引っ越して行ったんですか？」

と、直子は、きいた。

「三年ぐらい、いましたねえ。そのあとで、急に、同じユタ内ですけど、引っ越して、行ったんですよ」

「理由は、わかりますか？」

「いいえ」

「何処へ引っ越したか、わかりませんか？」

「ええ。わかりません。ただ、リンちゃんは、病身で、引っ越したあと、ほどなく、病死したと聞きましたわ」

「では、ここの人と、引っ越したあとも、連絡は取っていたということでしょうか？」

直子が、きくと、女校長は、肯《うなず》いて、

「そうですよ。ここへ来るとき、大きな牧場があったでしょう？」

「はい」

「あそこの娘さんと、リンちゃんは、仲が良かったの。それで、あの家に、連絡があったんだと思いますよ。それを、私が、聞いた。ずいぶん前のことだから、細かいことが、はっきりしなくて」

「牧場の娘さんは、何という名前ですか？」

「エリザベート」

と、校長は、いった。

直子は、また、来た道を引き返し、牧場の中へ入って行った。

アメリカでは、標準的な広さなのだろうが、日本人の直子から見ると、やたらに、広い。

牧場内を、車で、十五、六分走って、やっと、二階建の邸《やしき》に着いた。

直子は、そこで、ここの主人のホワイト夫妻に、会った。

ここでも、直子は、日本から、わざわざ、ハックマン夫妻と、その子供たちに、会いに来たことを告げた。

「ハックマン家のリンちゃんと、ここのエリザベートさんが、小学校で、仲が良かったと聞いたので伺ったのです」

直子が、いうと、ホワイト夫妻は、笑って、

「エリザベートも、もう大学生で、ユタ州立大学に、行っています」

と、いった。

そのあと、小学校時代の写真を、見せてくれた。

二十人ぐらいの子供たちが、集まっている写真だった。

奥さんが、説明してくれる。

「これが、小学校三年のときの、エリザベート。隣りにいる小柄な子が、あなたの探しているリンちゃんですよ」

「これで、三年生全部ですか？」

「ええ。小さい学校でしたからね」

「リンちゃんは病死したと聞いたんですけど」

「小学校卒業間際に、病気で、亡くなったんですよ。その時のエリザベートの落ち込みようといったら、ありませんでしたよ」

と、奥さんは、いう。

「その後、ハックマン一家が、どうなったか、おわかりになりますか？」

「リンちゃんが、亡くなったあと、すぐに引っ越してしまったんですよ。悲しい思い出に、耐えられなかったのかも知れませんねえ」

と、ミセス・ホワイトは、いう。

「引っ越した先は、わかりませんか？」

直子が、いうと、ホワイト夫妻は、残念そうに、

「それから、全く、音信がありませんからねえ」

と、いう。

それでも、直子は、

「ハックマンさんのところには、もう一人、日系の男の子が、いたと思うんですけど」

と、きいてみた。

「ええ。ケンジ・ハックマンね。うちにも、時々、遊びに来ましたよ。馬に乗るのが、好きで」

と、奥さんは、いい、ケンジが、この牧場で、馬に乗っている写真も、見せてくれた。

若々しい少年の顔をしたケンジの顔が、そこにあった。

「どんな少年でした？」

と、直子は、きいた。

「負けん気の強い少年でしたね。ただ、どこか、鬱屈《うっくつ》した様子がありましたよ。これは、私の想像なんだが、好きだった兄さんが、亡くなったからだと思いますね」

「兄さんが、何で、亡くなったか、聞きましたか？」

直子が、きくと、ホワイトは、小さく、首を横に振って、

「一度、聞きましたが、答えにくそうだったので、それ以後は、一度も聞いていないし、その後、すぐ引っ越してしまいましたからね」

と、いった。

直子が、礼をいって、帰ろうとするときになって、奥さんが、急に、

「ちょっと待って」

と、呼び止めた。

彼女は、夫を見て、

「一度、ゲイルさんから、手紙が、来たことが、あったじゃありませんか」

「そうだったかな？」

「ハワイからで、あなたが、羨《うら》やましいと、おっしゃったのよ」

「ああ。思い出した」

と、ミスター・ホワイトも、ニッコリして、

「あの手紙は、何処へやったかね？」

「探して来ますよ」

と、奥さんは、いい、奥へ消えた。そのまま、なかなか、戻って来ない。

三十分近くたって、やっと、戻って来ると、黄ばんだ封筒を、直子に見せた。

「これが、ゲイルさんから届いた手紙。もう、十年近く前のものですけどね」

と、奥さんは、いった。

確かに、日付は、九年前の五月だった。

〈久しぶりです。

三ヵ月前から、私ども夫婦二人で、ハワイのオアフ島に来ています。

ここで、友人のおかげで、職を得て、妻と二人の老後を楽しみたいと思っております。

息子のケンジは、アメリカ本土で旅行業をやって、生活しています。

ゲイル・ハックマン〉

短い手紙なので、ハックマン夫妻が、なぜ、ハワイに住むことになったのか、その経緯は、わからない。

わかるのは、問題のケンジが、アメリカ本土で、ひとりで、生活をしているということだった。

旅行業というのが、気になった。

普通の人より、旅行する機会は、多いだろう。

ケンジは、各地を旅行し、クラークのことを、調べることが、出来たのではないのか。

直子は、そんなことを、考えた。

5

翌日、直子は、ハワイ行の飛行機に乗っていた。

オアフ島に着いたところで、直子は、東京の十津川に、電話をかけた。

「今、ハワイに来ているの。アメリカ本土を、ぐるぐる廻って、ここまで、ハックマン一家を、追いかけて来たわ」

「ハワイで、ケンジの両親と、会えるのか？」

と、十津川が、きく。

「会えると思って、ハワイに来たんだけど、あまり、自信は、ないわ。何しろ、ハックマン一家が、このオアフ島から手紙を出したのは、九年前だから」

と、直子は、いった。

「そこに、肝心の、日系のケンジは、一緒に住んでいないのか？」

「ええ。九年前の手紙では、ケンジは、アメリカ本土で、旅行業の仕事をしていると、書いてあったの。この手紙は、コピーをして貰ったので、あとでＦＡＸで、送るわ」

「じゃあ、その時点で、ケンジは、クラークを追いかけているという感じではなかったのかね？」

と、十津川は、きく。

「それは、わからないけど、九年前から、今まで、クラークの身辺には、何も起きてなかったことは、間違いないみたいね」

と、直子は、いった。

「ハックマン一家に会えば、ケンジが、クラークに対して、どんな感情を持っていたか、わかるのかな?」

「シロか、クロか、わかるといいと、思ってるんだけど。とにかく、私は、時間がかかるのが、心配なの」

と、直子は、いった。

「そうだな。クラークの気持が、心配だな。弁護士が、ついているが、クラークは、逮捕されて以来、日本人を、信用しなくなっている。この裁判は、人種差別の裁判だと、いっているからね」

十津川も、いう。

「ええ。その気持は、よくわかるの。事件が、起きてから、彼の十三歳の時の母親殺しまでバクロされてしまって、そのことも、クラークを、落ち込ませていると思うの。母親殺しなんか、絶対に、隠しておきたいことだったと思うから」

と、直子も、いった。

「私も、友人なのに、何も出来なくて、申しわけないと、思っているんだ。仕事なんか、放り出して、君と一緒に、クラークのために、走り廻るべきなんだろうが、勇気がないのかも知れないな」

と、十津川が、いう。

「よしてよ」

と、直子は、怒ったように、いった。

「ハックマン一家の足跡を追いかけるだけでも、大変なのよ。その上、あなたを慰めたり、励ましたりまでは、出来ないわよ」

「ああ、ごめん」

と、十津川が、いった。

「あなたは、クラークの友人として、ちゃんと、良くしているわ。じゃあ、これから、ハックマン一家を、探しに行くから」

と、直子は、いった。

電話を切ると、空港ロビーの中で、直子は、例の手紙のコピーを取り出した。

タクシーの運転手に、手紙の住所へ行ってくれと頼む。

タクシーは、空港を離れ、広大なサトウキビ畠《ばたけ》に、向って走る。

延々と続く、サトウキビ畠である。

その中に、「ツイン・シュガー」という大きな看板が、見えてきた。

工場があり、その傍《そば》に、社員の住む社宅が並んでいた。

更に、その奥に、宏大な社長邸が見えた。

手紙の住所は、社宅の一つになっていた。最初に直子は、その家を訪ねたのだが、ポストについている名前はゲイル・ハックマンではなかった。

住んでいたのは、二十代の若いカップルで、ハックマンのことは、知らないと、いう。

仕方がないので、直子は、社長宅を、訪ねてみることにした。

ここでも、会うために、自分が、日本から来たこと、サンフランシスコ、ユタと、訪ね歩いたことを、説明しなければならなかった。

そのあとで、やっと、邸の中に、通された。

会ってくれたのは、六十代の、社長夫人の方だった。

「ハックマン夫妻のことは、よく覚えていますよ」

と、夫人は、いった。

「夫の友人の紹介で、うちの会社で、経理の仕事を、やって頂いていたんです。真面目な方で、夫も、信用していましたわ」

「今、どうしているか、教えて頂きたいんですけど」

と、直子は、いった。

「亡くなりました」

と、夫人は、いう。

「夫婦ともに、ですか？」

「いえ。ゲイルさんの方が、ここへ来て、四年後でしたかしら。突然、脳血栓で倒れて、一ヵ月後に、亡くなったんです」

「ミス・ハックマンは、今、何処にいるんでしょう？」

「ここにいなさいと、すすめたんですよ。でも、息子さんと、一緒に、アメリカ本土へ帰って行きましたわ」

「息子のケンジさんにも、お会いになったんですか？」

「ええ。ミスター・ゲイルが、倒れたあと、飛んで来ましたよ」

「日系人で、ハックマン夫妻が、養子に貰った人なんですけど」

「ええ。聞いていましたけど、私は、別に何にも思いませんでしたよ。うちの会社でも、日系の人は何人も、働いていますから」

と、夫人は、いう。

「ケンジさんは、どんな青年でした？」

と、直子は、きいた。

「父親の倒れたときだったし、葬儀にも出ていたからかも知れませんが、暗い感じに見えましたよ。一ヵ月あまり、ここにいたんですけど、その間、彼が笑うのを見たことが、ありませんでした。それで、聞いたことがあるんですよ。葬儀のあとでしたけどね。そしたら、彼が、いってました。いつも、身内の不幸にばかり、あっているんだって。それ以上、聞けませんでしたけどね」

と、夫人は、いった。

（そうなんだ）

と、直子は、思った。

幼い時、実の両親を失った。

サンフランシスコの高校で、尊敬する兄が、死んだ。それも、射殺されたのだ。

ユタでは、妹が、死んだ。

このハワイでは、父が、死んでいる。

最後に残った母親は、今、どうしているのだろうか？

夫人は、ここに住んでいたときのハックマン夫妻の写真も、見せてくれた。

夫婦とも、幸福そうだった。

サンフランシスコでは、息子が、射殺された。ユタでは、娘が病死。

そうした悲しみが、このハワイで、少しは、癒《い》やされたのかも知れない。

だが、最後に、ゲイルが、亡くなり、妻は、息子と、再びアメリカ本土へ、戻っていった。

ミス・ハックマンは、どんな気持だったのだろうか。

それ以上に、気になるのは、息子のケンジの気持だった。

不幸が、重なると、自然に、心が、とげとげしくなってくる。

その原因を、何処かに求めたくなってくるものだ。

ケンジは、その原因を、兄の死に求めたのではないのだろうか。

兄は、自分の仇を討とうとして、ライフル片手に、高校に乗り込んだ。

そして、射殺された。しかも、射殺したのは、高校生のクラークだ。彼は、ヒーローになった。

そうした過去が、ケンジに、クラークに対する憎しみを、植えつけていったのではないのだろうか？

第六章　最初の対決

1

直子は、帰国すると、すぐ、水島弁護士と一緒に、拘置所で、クラークに、面会した。

クラークは、更に、前よりも、暗い表情になっているように見えた。

そんなクラークに向けて、直子は、励ますように、

「真犯人が、見つかったわ」

と、いった。

クラークの眼が、一瞬、光って、

「本当なの？　誰なんだ？」

「ケンジ・ハックマン」

「ケンジ・ハックマン？　知らないな」

「前に、あなたに、男の写真を見せたでしょう？　あの男が、ケンジ・ハックマンよ」

「猫のお面を被っていた奴か？」

「そう」

「僕の知らない男が、なぜ、カナコを殺すんだ？」

「あなたは、知らなくても、向うは、知っているんです。あなたのことを」

と、直子は、いった。

「それなら、なぜ、僕を殺さずに、カナコを殺したんだ？」

クラークが、きく。

「それは多分、ケンジの復讐の方法だと思うの。ケンジは、好きだった兄さんを、あなたに、殺されている。だから、彼も、あなたの愛する者を、殺してやろうと、考えたんだと思うの。その上、あなたを犯人にして、刑務所に送り込めるから」

「僕が、そのケンジという男の兄を殺したって？」

「そうなのよ」

「記憶がないよ」

「あなたが、サンフランシスコの高校生だったとき」

「ああ」

と、クラークは、肯いて、

「あの事件のことか」

「ライフルを持って、高校に乗り込み、生徒の何人かを、いきなり射殺したＯＢがいた。

そのOBを、たまたま拳銃を持って、登校していた高校生のあなたが、射殺したのよ」

「あれは、正当防衛だったんだ。警察も、そういったし、マスコミも、そう扱ってくれたんだ」

「そう。あなたは、生徒を救ったヒーローだった。あの時、あなたが射殺したライフル魔の少年の名前を覚えている？」

「いや。何しろ、ずいぶん昔のことだからね。あの日に起きたことは、今でも鮮明に覚えてるけど、名前は忘れたな」

「それが、B・ハックマン。今、いったケンジの兄さんよ」

「でも、あれは、ライフルで、生徒を射った犯人の方が悪いんだ。それに、十年以上たって、どうして、今になって、復讐だなんて、いい出したんだ？」

「それは、事件のあと、ハックマン家を、次々に、不幸が、襲ったからかも知れない。事件が起きた頃、ハックマンさんは、不動産会社をやっていて、成功していたんだけれど、射殺した生徒たちの家族に、莫大な慰謝料を払ったために、会社は、潰れ、ハックマン家は、ユタ州の田舎に逃げたのよ。それでも、不幸が続いたの。あなたが、射殺したB・ハックマンの他に、今いった弟のケンジと、リンという妹がいたんだけど、ハックマン家が、ユタ州に隠れたあと、そのリンが、病死する。おまけに父親も死んだの。そうした全ての不幸の原因は、兄のB・ハックマンが、あなたに射殺されたことに始まっていると考えたんだと、思うわ」

と、直子は、いった。

クラークは、腹立たしげに、

「そんなの逆恨《さかうら》みってやつだ」

と、直子は、いった。

「そうだけど、たいていの犯罪は、逆恨みなのよ」

「カナコを殺した犯人が、そのケンジとわかったのなら、そいつをすぐ逮捕して、僕を、釈放してくれ。こんな拘置所に入れられてるのは、我慢がならないんだ！」

クラークが叫んだ。

「証拠がないんですよ」

と、傍から、水島弁護士が、いった。

「でも、今、彼女は、このケンジが、犯人だと、いったじゃないか」

クラークが、直子を睨《にら》む。

「私は、あなたが、加奈子さんを殺してないことを信じている。あなたが、犯人じゃなければ、真犯人は、誰だろう。最初は、加奈子さんの関係かなと考えたわ。彼女を愛していた男が、あなたと結婚したのを恨んで、殺したのだろうかと思った。でも、見つからなかった。それで、あなたを憎んでいる人を、アメリカまで行って、探したのよ。それで、ケンジ・ハックマンという男が、見つかった。私は、この男が、真犯人だと思ってるんだけど、今、水島弁護士がいったように、証拠はないの」

と、直子は、いった。

「じゃあ、僕は、まだ、ここから、出られないのか？」

「ケンジは、日本に来ていた筈だから、何とかして、見つけ出すわ。それまで、待っていて欲しいのよ」

「ミスター・トツガワは、どうしているんだ？　僕の友だちだろう？」

「ええ。主人は、あなたのことを友だちだと思ってるわ。それに、あなたが、犯人じゃないとも思ってるわ」

「じゃあ、なぜ、面会に来てくれないんだ？」

「それは、彼が刑事だからなの。勝手には、動けないのよ」

「つまり、友人より、仕事の方が大事だからということか」

クラークは、吐き捨てるようにいう。

直子は、腹立たしいよりも、悲しくなってくる。クラークは、こんな、わからないことをいう男ではなかった。

だから、彼がいっているのではなく、犯人でもないのに、拘置所に放り込まれたことへの怒りがいわせているのだと、直子は思っているのだが。

2

時間がきて、追い出されるように、直子と、水島弁護士は、拘置所を出た。

「検事さんは、私の話を信じてくれるかしら？」

と、直子が、水島にきいた。

「多分、駄目でしょうね」

「でも、一応、聞いて貰いたいわ」

「じゃあ、一緒に地検に行きましょう」

と、水島弁護士は、いった。

二人で、地検に行き、この事件を担当することになった川井という検事に会った。

川井は、直子の話を途中まで聞くと、手で制して、

「それは、今、伺《うかが》っても仕方がない。公判になってから、弁護士が、いえばいい」

「でも、私は、今、聞いて頂きたいんです」

「どうして？」

「ミスター・クラークは、拘置所生活に、すっかり参ってしまっているんです。このままだと、自殺しかねない。だから、公判まで待たないで、外に出して、あげたいんです」

と、直子は、いった。

検事は、苦笑して、

「みんな、そういうんですよ。拘置所なんかに、いたくない。すぐ出してくれってね。そんなわがままを、いちいち、聞いていたら、裁判は成立しなくなってしまいますよ」

「でも、ミスター・クラークは、無実なんです」

「みんな、そういうんですよ」

検事は、また、苦笑した。

直子は、地検を出たところで、水島弁護士に、

「無駄だったみたい――」

「そうですね」

「どんなことなら、検事は、聞いてくれるのかしら？」

「ミスター・クラークが、完全に、シロだという、実際の証拠があれば、聞くでしょうね。検事だって、負けるとわかっている裁判は、やりたくないでしょうから」

と、水島は、いう。

「状況証拠だけじゃあ、無理ということですわね」

「そうですね」

「でも、私は、一刻も早く、クラークを、拘置所から出してあげたいんです」

と、直子は、いった。

彼女は、不安だったのだ。クラークは、明らかに、精神が、参ってしまっている。今のまま、拘置所に入っていたら、自殺しかねない。

「警察へ行ってきます」

と、直子は、いった。

県警に行って、事件を担当した竹下警部に、会った。

「もう、事件は、地検の手にゆだねられましたよ」

と、竹下は、いきなり、いった。

「それは、わかっています。でも、話を聞いて頂きたくて、担当する川井検事さんに会って来ました。でも、話は、全て、公判になってから聞くといわれて」

「当然でしょう。公判前に雑音を耳に入れたくないのは」

「でも、検事の仕事は、警察が持ってきた事件について、自分の眼で、確認することなんでしょう？」

「そうですが、外部の声をいちいち、聞いていたら、際限《きり》がありませんからね」

「だから警察の話だけに、耳を傾けるということですか」

直子が、いうと、竹下は、首を振って、

「あなたの、ご主人の、十津川警部だって、その辺のことは、よく、おわかりの筈ですよ」

と、いった。

「じゃあ、竹下さんが、検事さんにいって下さい。ミスター・クラークが、犯人だというのは、間違いだと。それなら、川井検事も、考えを変えてくれるんでしょう？」

「クラークは、犯人ですよ。彼は、嫉妬心から妻を、殺したんです」

竹下は、きっぱりと、いった。

「真犯人は、ケンジ・ハックマンなんです」

直子が、いうと、竹下は、あっけにとられた表情になって、

「誰です？　それは」

「聞いて下さい」

直子は、アメリカで、入手した何枚かの新聞記事と、写真を示して一気に喋り始めた。

「そのケンジ・ハックマンなんです。ハックマン一家を襲った不幸の全てが、クラークにあると思い込んで、日本にやって来ました。復讐のためにです。由布院で、彼と、奥さんの加奈子さんを見つけて、尾行した。そのとき、たまたま写真に撮られてしまった。それが、この写真です」

直子は、猫の面から三分の一ほど、顔をのぞかせている男の写真を、竹下に見せた。

「この男が、日系アメリカ人のケンジ・ハックマンです。真犯人です」

と、直子は、いった。が、竹下は、

「雲をつかむような話ですね」

と、いっただけだった。

「でも、ケンジ・ハックマンが、クラークを、激しく憎んでいたことは、間違いないんです。そして、そのケンジが、由布院にやって来て、クラーク夫妻を尾行していたことも間違いありません。そのあと、加奈子さんは、殺されたんですよ」

「だから？」

竹下は、冷たく、きく。

「だから、ケンジ・ハックマンが犯人で、ミスター・クラークは、犯人じゃありません。これは、誤認逮捕なんです。すぐ、川井検事に連絡して、クラークを、拘置所から、出してやって下さい」

「ケンジというアメリカ人が、犯人だという証拠もないのにですか？　そんなことをしたら、私は、県警を馘《くび》になってしまいますよ」

「どうしても、駄目なんですか？」

「証拠があれば、考えますがね」

竹下は、突き放すような、いい方をした。

検事も、県警も、結局、取り合ってくれないのだ。

直子は、携帯で、東京にいる夫の十津川に連絡した。

「どうしても、聞いて貰えないのよ」

「そうかも知れないな」

「警察って、みんな頭が固いのね」

「君は、そういうが、いちいち、人の話を聞いていたら、捜査にならないんだよ」

「あなたも、同じ穴のムジナね」

「よしてくれよ。ケンジ・ハックマンは、まだ日本にいるのかな？」

と、十津川がきく。

「いると思うわ」

「どうしてわかる？　アメリカへ帰ってしまったかも知れないじゃないか」

「彼の復讐心は、普通じゃないわ」

「それは、わかるよ。クラークを憎んで、彼を、殺人犯にするために、自分とは関係のない加奈子さんを殺したくらいだからね。そして、多分、岡本卓郎も――」

「そんな男だから、裁判の結果を、日本にいて、きちんと、見届けると思うのよ」

と、直子は、いった。

「理屈だな」

「ただ、ずっと、日本にいるのは、危険だから、いったん、アメリカに帰って、裁判の結審の頃、また、日本にやってくるという方法をとるかも知れないわ」

と、直子は、いった。

「私が、ケンジなら、その方法をとるね」

「ええ」

「何とか、彼に、会ってみたいね」

十津川が、いった。

「会ったら、捕《つかま》えてよ」

「それは、無理だ。今は、彼が犯人だという証拠はないんだから」

と、十津川は、いった。

翌日、成田発、ロス・アンジェルス行の便で、ケンジ・ハックマンが、すでに、帰国していることが、分かった。

3

クラークの公判が、始まった。

検事が、まず、クラークが、嫉妬から、妻の加奈子を殺したと、論告していく。

「クラークは、アメリカのニュージャージーに生れています。彼の今までの人生は、血ぬられたものです。十三歳の時、彼は、自宅で、実の母親を、拳銃で、射殺しているのです。続いて、高校生の時、クラークは、友人たちを殺してやるつもりで、拳銃を、学校に、持ち込んだのです。そのままだったら、その時、クラークは、校内で、拳銃を乱射し、何人、何十人の生徒を殺していたに違いありません。偶然が、彼を救いました。たまたま、その日、高校のOBが、ライフルを持って、乗り込んできて、いきなり、乱射を始めたのです。クラークは、自分の生命《いのち》を守るために、そのOBを、持っていた拳銃で射ち殺しました。犯罪者になる筈だったクラークは、友人たちを救ったヒーローになってしまったのです。しかし、忘れていけないのは、彼が、人を殺すために、拳銃を、学校に、持ち込んだということなのです」

検事は、そこで、ひと息つき、再び、論告をつづけた。

「その後、クラークは、日本に来て、同じ翻訳の仕事に関係している加奈子と知り合い結婚しました。しかし、かっとする性格と、嫉妬深さは、治りませんでした。加奈子は、色白の美人で、優しい性格です。だから、自然に、男が、近づいてきて、クラークの嫉妬心を、かき立てました。岡本卓郎が、その一例です。クラークは、由布院に、加奈子と、やって来ましたが、彼女が、しばしば、携帯をかけているのを知り、嫉妬を起こしています。この電話は、翻訳の仕事をしている相手の会社に、仕事の連絡で、かけていたのですが、嫉妬にかられたクラークは、とうとう、妻の加奈子を殺してしまったのです。クラークは、自分は、犯人じゃない。犯人は他にいると主張しましたが、由布院には、クラーク以外に、加奈子を殺す動機をもつ人間はいないのです。それに、クラークには、アリバイもありません。自分の勝手な嫉妬心から、妻を殺し、昔、妻と知り合いだったことだけで、その男にも凶行に及んだ疑いがあります。検察側としては、たとえ、日本に、なじみにくい外国人だったとしても、ここは、死刑が、妥当だと考えます」

検事の論告の要旨も、求刑も、予想されたものだったが、直子は、クラークが、それを、どう感じるか、心配だった。

水島弁護士に聞くと、

「彼は、一瞬、顔色を変えました。私は、まだ、判決が出たわけじゃないと、励ましたんですがね。死刑という求刑に、ショックを受けているのは、間違いありません。アメリカでは、死刑を廃止している州が、沢山ありますからね。それに、どうもクラークは、人種偏見の裁判だと、思い込んでいるようなのです」

と、いった。

「まわりが、全部日本人だから、そんな気分になるんでしょうか？」

直子が、心配になって、きくと、

「そうでしょうね。それに、日本語が、全くわからなければ、かえっていいと思うんですが、彼は、なまじ、日本語が、わかりますからね。日本語が、わかって、検事や、私たち弁護士の表情も読み取れる。それが、彼の気持を、落ち込ませてしまうんじゃないかと思っています。私は、まだ、裁判は、始まったばかりだと、励ましているんですがね」

と、水島は、いうのだ。

「私は、先生と一緒に、彼に会って、真犯人が別にいると、伝えたんですけど、そのことで、少しは、勇気が、出てきたんじゃないんでしょうか？」

「しかし、それなら、すぐ、彼を逮捕してくれというのです。それがなければ、自分は、助からないといっています。もし、ケンジが、アメリカへ帰ってしまったと知れば、クラークは、新しい絶望感に、襲われてしまうと思いますね。ケンジの名前を出して、なまじ希望を与えただけに、ショックも大きくなってしまうと、思うので、正直いうと、もう、ケンジのことは、話せないんです」

「そうかも知れません」

直子は、溜息をついた。

クラークには、ケンジ・ハックマンの名前を伝え、この男が、真犯人に違いないといい、希望を与えた。

だが、今のところ、このケンジを、どうすることも出来ないのだ。

アメリカから連れてくることも出来ないし、取調べすることも出来ない。

これでは、クラークが、より、落ち込んでしまうのは、当然かも知れなかった。

「私から、十津川さんに、お聞きしたいんですがね」

と、水島弁護士が、いった。

「わかっています。ケンジが、真犯人だというのなら、証拠を見つけて、一刻も早く逮捕して、クラークを助けてくれというんでしょう？」

直子が、いった。

「そうです。それが無いと、弁護士としては、クラークを、励ますことが、出来ません。ケンジが、真犯人だという証拠は、あるんですか？」

水島が、きく。

「今は、ケンジが真犯人だというのは、状況証拠だけしかないんです」

「しかし、彼は、由布院で、クラークの奥さんを殺している。しかも、その前には、加奈子さんの昔の恋人の岡本卓郎も、殺している？」

「私は、そう見ています」

「それなら、警察が、二つの事件について、何か再捜査をしているんですか？　していれば、ケンジのことが、自然に、浮んでくると思うんだが、なにも、聞こえて来ませんね」

「それは、再捜査をしたくても出来ないんです。合同捜査だったとはいえ、大分県警は、すでに、クラークを犯人として逮捕し、この事件は解決したと考えていますわ。それに対して、いくら本庁でも、再捜査は、出来ませんから」

と、直子は、いった。

「じゃあ、どうしたら、いいんですか？　弁護士として、全力をつくしますが、何回もいうように、今の状況では、正直にいって、勝ち目はありません」

「もう一度、主人に、連絡をとってみます」

と、直子は、いった。

だが、十津川が、この事件について、今は、何も出来ないことは、直子にも、よく、わかっていた。

それでも、水島弁護士と別れると、直子は、東京にいる十津川に、電話をかけた。

「公判が、始まったわ」

と、直子は、いった。

「わかってる」

「今のままでは、八十パーセント、クラークは、有罪判決を受けるわ。それ以上に、彼が、絶望に襲われるのが、怖いわ」

「そうか」

「どうしたらいいの？　ケンジという男は、浮んで来たけど、彼をどうすることも出来ないんでしょう？」

「今、私立探偵を、探している」

と、十津川は、いった。

「何のこと？」

「ケンジは、クラークを探しに、日本に、やって来たんだ」

「ええ」

「クラークを探したり、加奈子さんのことを調べたり、岡本卓郎のことを調べたりするのは、大変だったと思う」

「確かに、そうね」

「彼が、ひとりで、そんなことが出来たとは考えられない。とすると、恐らく、私立探偵に頼んだと思うんだよ。アメリカは、私立探偵が、活躍する国だから、ケンジは、日本でも、私立探偵を頼んだに違いないんだ」

「確かに、そうね」

「だから、その面から、ケンジが真犯人だと証明できるかも知れないと、考えているんだ」

と、十津川は、いった。

4

その日の夜、勤務を了《お》えた十津川は、私立探偵の橋本豊と、会った。

「ケンジが、調査を依頼した探偵社が、わかったって？」

十津川が、きくと、橋本は、

「銀座に、U・S・デテクティブ・トウキョウというのがあります。有名なアメリカの探偵社が、去年の秋、開業したものです。開業といっても、日本では、私立探偵は、免許制じゃありませんから、勝手に、オープンしたんですが、日本にいる外国人が、大勢、調査依頼に、来ているそうです」

「大きいのか？」

「スタッフは、五十人を超えているそうで、主として、英字新聞に、広告を出しています。日本に初めて来たアメリカ人なら、まず、そこに、頼むと思います」

と、いってから、橋本は、腕時計に眼をやって、

「確か、二十四時間オープンですから、この時間でも、やっている筈です」

「では、行ってみよう」

と、十津川は、いった。

銀座三丁目の雑居ビルの中に、その探偵社があった。

責任者は、一応、日本人になっていた。

山本という五十代の男で、アメリカで、犯罪心理学を勉強し、向うの探偵社で、働いたこともあるという。

十津川が、警察手帳を示すと、

「私どもの開業については、日本の法律の規制は、受けないと思いますが」

「それは、わかっています。今日は協力をお願いに来たのです」

十津川は、猫の面をつけた男の写真を、山本に示した。

「名前は、ケンジ・ハックマン。日系アメリカ人です。この男が、最近、人探しを、頼みに来たと思うのですが、それを話して貰いたいのです」

「探偵社には、職業上の秘密は、口外できないというルールがありましてね」

と、山本は、いう。

「それも、わかっています。しかし、この男は、われわれ日本の警察が、殺人事件に関係し、探している人間なのです。もし、この探偵社が、ケンジ・ハックマンから依頼を受けて、調査しているとすると、殺人の片棒を、担いでいることになりかねません」

「それは、脅しですか？」

「とんでもない。ただ、協力して頂けないとなると、われわれとしては、ここの探偵の一人一人を監視し、尾行し、ケンジ・ハックマンが、調査依頼をしていたかどうか、調べなければならないのです」

と、十津川は、いった。

「少し待って下さい」

と、山本は、いい、奥に、引っ込んでしまった。

「本国と、連絡しているんだと思います」

橋本が、小声で、いう。

五、六分して、山本は、戻って来ると、

「了解しました。日本の警察に協力しますが、ケンジ・ハックマンが、殺人事件にかかわっているというのは、間違いないんでしょうね？」

「すでに、二人の人間が、殺されています」

「わかりました。確かに、その名前の日系アメリカ人が、調査依頼に見えました。うちがオープンして、最初の客だったので、よく、覚えているのです」

「クラークというアメリカ人のことを、調べてくれと、いったんじゃありませんか？」

「その通りです。サンフランシスコの同じ高校の出身だというのですよ。高校を卒業して以来、全く消息がわからずに、探していた。ある時、書店で、日本のオトギ話の翻訳本を見て、何気なく手に取ると、そこに、翻訳者として、クラークの名前があったというのです」

「それは、本当だと思いますね」

「それで、親友のクラークが、今、日本にいるとわかった。何とか、彼が、日本の何処にいるのか、どんな生活をしているのか、結婚しているのかどうか、調査は、彼に関する全てを、調べて欲しいといわれました。今もいったように、うちとしては、最初の仕事だったので、この仕事に、三人の探偵を、専従させ、全力を、ぶつけました」

と、山本は、いう。

「その調査報告書を見せて貰えませんか」

と、十津川は、いった。

「いいでしょう」

山本は、分厚い報告書を見せてくれた。

「これをコピーしてくれませんか。今日一日、ゆっくりと、眼を通したいのです」

と、十津川は、いった。

その日、自宅に帰ると、十津川は、コーヒーを入れて、眼を通した。

驚いたのは、徹底的な、調査ぶりだった。

クラークが、いつ、日本にやって来たか、何処で、加奈子と知り合ったか、二人が、デートの場所として、どんな所を使っていたか、いつ、プロポーズしたか、二人の収入は、どのくらいかまで、書かれていた。

加奈子のことも詳しく調査されていて、家族関係も、クラークと知り合う前に、岡本卓郎という恋人がいたことも、記入されている。岡本卓郎が、どんな男かということも、写真入りで、書かれていた。

クラークと妻が、由布院へ旅行していることは、書かれていないが、それは、口頭か、電話で、ケンジに、報告されたに違いなかった。

翌日の夜、今度は、ひとりで、もう一度、銀座のU・S・デテクティブ・トウキョウに、山本支社長に、会いに出かけた。

報告書の礼をいってから、十津川は、改まった口調で、

「今日は、正直に、全てを、お話ししたい。そのあとで、ぜひ、協力をお願いしたいのですよ」

と、いった。

「どんなことですか？　可能ならば協力は、惜しみませんが」

山本は、用心深く、いった。

「この調査書を読んで、実に詳しく調べられているので、感心しました」

「それが、わが社の方針だし、調査能力でもあります」

山本は、誇らしげに、いった。

「実は、この調査書に出てくる岡本卓郎と、クラークの妻の加奈子の二人は、殺されてしまったのです」

十津川が、いうと、山本は、

「由布院と、三鷹の事件ですね」

「クラークが、犯人として逮捕され、今、大分地裁で公判中です」

「ちょっと待って下さい」

と、山本は、あわてた様子で、

「われわれは、日本の司法については、ノータッチでいたいと思っていますよ」

「今のままでは、クラークの有罪は、避けられないと思われるのです」

と、十津川は、いった。

「動機は、何なんですか?」

「嫉妬だと、みられています。嫉妬から、妻の昔の恋人を殺したとみられ、ついには、妻も殺したことになっているのです」

「十津川さんは、それに、反対なんですか?」

「彼は、はめられたと思っています」

「しかし、クラークを逮捕したのは、十津川さんと同じ、日本の警察なんでしょう?」

山本は、首をかしげた。

「逮捕したのは、大分県警です。加奈子が殺されたのは、由布院ですから」

と、十津川は、いい、

「クラーク夫妻が、由布院に旅行していることを、ここの探偵が、ケンジ・ハックマンに知らせたんでしょう?」

と、きいた。

「そうです。クラークについて、全て、知らせてくれといわれていたので、東京のホテルに泊っているミスター・ケンジ・ハックマンに、電話で、知らせました」

「その時、ケンジは、どういっていました？」

「これから、いきなり、由布院に会いに行って、クラークを、びっくりさせてやりたいと、いっていたそうです」

と、山本は、いう。

十津川は、苦笑して、

「確かに、クラークは、びっくりさせられました。その結果、彼は、刑務所に放り込まれようとしているのです」

「真犯人は、ミスター・ケンジ・ハックマンだと？」

「そうです」

「しかし、彼は、クラークとは、同じ高校の出身だといっていました。それも、嘘ですか？」

「いや、それは事実ですが、親友じゃありません。実は、われわれも、クラークと、ケンジの二人の、アメリカでの経歴などについて、調べたのです。それを、書いてきましたので、読んで下さい。二人の関係が、わかりますから」

と、十津川は、便箋十二枚に書きつけたものを、山本に渡した。

それは、徹夜で、書いたものだった。

「失礼して、読ませて頂きます」

と、山本は、いった。

その間、十津川は、煙草を吸おうとしたが、禁煙の掲示を見て、煙草をしまい、立ち上って、窓の外に、眼をやった。

銀座の夜景が、広がっている。

(今頃、クラークは、拘置所だな)

と、思った。

さぞ、心細いだろうと、思う。

「わかりました」

と、山本が、声をかけてきた。

「この通りなら、私も、ミスター・ケンジ・ハックマンが、怪しいと思います。少くとも、クラークを恨んでいることは、わかりました。ただ、ここに書かれていることが、事実かどうか、私には、判断が、出来ません」

「それなら、アメリカの本社に電話して下さい。探偵社なら、調べるのは、得意でしょう」

と、十津川は、いった。

山本は、肯いて、

「そのつもりです。二日間、待って下さい。その間に、これが、事実かどうか、調べたいと思いますから」

「それで、結構です」

と、十津川は、いった。

この二日の間にも、大分では、裁判が、進行していく。

向うにいる直子からは、悲鳴が、聞こえてきた。

「相変らず、クラークにとって、不利な状況が、続いているわ。加奈子さん殺しについていえば、彼に、アリバイがないのが、致命傷になるかも知れない。それに、彼は、正直で、激し易いから、検事の誘導訊問に引っかかってしまいそうなのよ」

と、直子は、いう。

「あり得る話だね」

「あなたの方は、どうなっているの？」

「ケンジが、クラークのことを調べてくれと頼んだアメリカ系の探偵社が見つかって、今、そこと、接触している」

と、十津川は、いった。

「それで、ケンジが、真犯人だという証拠は、つかめるの？」

「探偵社が、協力してくれれば、出来るかも知れない」

「協力してくれそう?」

「何としてでも、協力して貰うつもりでいる。そのためには、こちらが、本当のことを話していると、信用して貰う必要があるんだ。もう少し待って欲しい」

と、十津川は、いった。

「急いでね。私は、クラークの神経が、参ってしまうのが、怖いの」

直子が、いう。

「わかっているよ」

と、十津川は、繰り返した。

二日後に、山本から連絡があって、十津川は、また、銀座に出向いた。

山本は、今日は、自ら、十津川に、コーヒーをすすめてから、

「アメリカの本社に依頼して、ミスター・ケンジ・ハックマンと、ミスター・クラークのことを、調べました」

「それで?」

「全て事実だと、わかりました」

と、山本は、いった。

「ケンジ・ハックマンが、クラークを憎む理由が、わかったと思いますが」

「それも、わかりました」

と、山本は、肯いたが、

「しかし、彼が、真犯人だという証拠は、ありませんね？」

「ありません。クラークが犯人ということで、裁判が、行われているのですが、私は、ケンジが、真犯人だと、確信しています」

「どうやって、それを証明できるんですか？」

と、山本は、きく。

「今のままでは、出来ません。状況証拠しかありませんから」

十津川は、正直に、いった。

「しかし、十津川さんは、ミスター・ケンジ・ハックマンが、真犯人だと証明したいわけですね？」

「無実のクラークを、助けたいのです」

「そんなことが、出来ると、思っているんですか？　警察自身が、クラークを犯人と決めているし、裁判中なんでしょう？」

山本が、半信半疑の顔で、きく。

「難しいことは、わかっています」

「それに、ミスター・ケンジ・ハックマンは、現在、アメリカに帰ってしまっていて、十津川さんにも、手が出せないんでしょう」

「それも、知っているんですか」

「昨日、電話があったんですよ。サンフランシスコのミスター・ケンジ・ハックマンからです」

「彼は、何と、いってきたんです？」

「友人のクラークのことが、心配なので、大分の裁判の様子を、結審まで、知らせ続けてくれといっていました」

「なるほどね」

「十津川さんの話を聞いていなければ、私は、友だち思いの男だなと、感心していたと思いますね」

「しかし、違う見方をしている？」

「少しばかり、友情の押し売りだなと、感じましたね」

「それでは、協力してくれますか？」

と、十津川は、きいた。

「協力したら、どうなります？」

と、山本が、きく。

「どうなるというのは、どういうことですか？」

「十津川さんが、正直に話して下さったんだから、私の方も、ざっくばらんにいいます。

われわれの会社は、民間会社です」

「わかります」

「それで、社長とも話したんですが、社長が、こういうのです。もし、わが社が協力して、殺人事件の真犯人が見つかり、事件が解決したら、今回の事件を、わが社の宣伝に使わせて頂きたいんです。これを、承諾して頂ければ、十津川さんに、協力して構わないと」

　と、山本は、いった。

「宣伝にですか？」

「そうです。わが社としても、お客を裏切るわけですから、それ相応のメリットがなければ、困るのです。それは、わかって頂きたいのですよ」

　と、山本は、いうのだ。

　十津川は、しばらく考えてから、

「わかりました。真犯人が逮捕され、クラークが釈放されたら、この事件を、宣伝に使っても構いません。ただし、正確にお願いします」

　と、十津川は、いった。

　山本は、ひとひざ乗り出して、

「で、どうすればいいんですか？」

　と、十津川に、きいた。

第七章　生死の境

1

「私のことを、ケンジに教えましたか？」

と、十津川は、山本に、きいた。

「あなたのことを、何のために、彼に話すんです。それに、あなたの何を？」

山本が、怪訝《けげん》な顔をした。

「日本の刑事の中には、クラークが、無実だと思っている者がいるということをですよ。その刑事が本庁の十津川だと、教えたことは、ありませんか？」

「とんでもない。私は、十津川さんにお会いするまで、誰かが、クラークの無実を信じているなんて、全く、考えませんでしたよ。警察は、彼が、日本人の奥さんを、殺したと思っているから、彼を殺人容疑で、逮捕したと、私は、信じていたんです。そんな中で、友人のケンジだけが、彼の無実を信じていると」

「それなら、ありがたい。私が表立って、ケンジに接触することが、出来ますからね」

と、十津川は、いった。

「何をするつもりですか？」

山本は、興味と、不安の入りまじった表情で、十津川を見た。

「公判で、問題が起きたと、アメリカのケンジに報告して貰いたいのですよ」

と、十津川は、いった。

「どんな問題ですか？」

「クラークのアリバイを証言する人間が出て来た。それで、裁判は、引っくり返りそうだと、知らせるんです。これで、あなたの親友は、無実が証明され、釈放される可能性が出て来た。おめでとうと、いって下さい」

と、十津川は、いった。

「もし、ケンジが喜んだら、十津川さんの推理は、外《はず》れたことになります。あなたの考えでは、ケンジが、クラークに復讐しようとして、彼の奥さんを殺し、妻殺しの罪をかぶせようとしたことになるんですからね。だから、ケンジが、大喜びすれば、あなたが、間違っていたことになる」

と、山本は、いった。

十津川は、苦笑して、

「問題は、そんなに簡単じゃありませんよ」

「どういうことです？」

「ケンジが真犯人だとしても、あなたの知らせを聞いて、畜生！　どうしてクラークが無実になるんだなんて、怒ったりはしませんよ」

「それはそうでしょうが――」

「多分、ケンジは、良かった、自分は、彼が無実だと、信じていた、本当に良かったというと思います」

「しかし、ケンジが真犯人ではなくて、本当に、親友のクラークのことを心配していたとしても、同じように、良かったといいますよ。区別は、つきませんね」

と、山本は、いった。

「もし、そのあと、彼が、もう大丈夫でしょうから、アメリカで、帰国するのを待っているといったら、彼は、無実で、私の見込み違いです」

「ええ」

「彼が、もし、すぐ、日本へ行くといったら、怪しいですね。その上、クラークのためにアリバイを証言してくれた人に、直接お礼をいいたいから、会わせてくれといったら、ますます怪しい」

と、十津川は、いった。

「まるで、予言者みたいですね」

山本は、半信半疑の表情で、いった。

「彼の気持になって、考えてみただけです」

と、十津川は、いった。

「それで」

と、山本は、まだ、疑わしげに、

「もし、ケンジが、その証人に会わせてくれといったら、どうしたらいいんですか？」

「私が、会います」

「十津川さんが？」

「私のことは、ケンジには、何も話してないんですね？」

「そうです」

「それなら、私が、問題の証人として、ケンジに会いますよ。多分、彼は、二人だけで、会いたいと、いうでしょうね」

「会って、どうなると、お考えなんですか？」

「私を買収しようとするか、それが出来ないとわかると、殺すでしょう」

「そんな物騒なことが、予想されるのに、会われるんですか？」

「私は、刑事ですよ。いつでも、危険は隣り合せですから、平気です」

と、十津川は、いい、

「では、アメリカのケンジに連絡して下さい」

と、いった。

2

「ハロー。ミスター・ケンジ・ハックマンですか？」

「イエス。山本さんですね。何か、進展がありましたか？」

「実は、とても嬉しいことがあったので、何はともあれ、あなたにお知らせしたかったんです。あなたの親友のミスター・クラークの無実が、公判で、証明されそうなんです」

「本当ですか？」

「ミスター・クラークは、奥さんを殺してないと、主張していたんですが、彼のアリバイを証言する証人が、現われたんです」

「どういう人ですか？」

「奥さんが殺された時刻に、ミスター・クラークを、別な場所で、目撃していたという証人です。ミスター・クラークは、その時刻に、由布岳の中腹を、散歩していたんですが、たまたま、東京の観光客が、ビデオに撮っていたんです。由布院を撮っていて、その中に、偶然、ミスター・クラークが、映っていたんです」

「時間は、間違いなく、アリバイ成立になるんですね？」

「そうなんですよ。その人は、由布岳のふもとに車をとめて、周辺を、ビデオに撮っているんですが、ミスター・クラークが映る直前、近くにある土産《みやげ》物店を、撮っていて、その時、その店の時計が、偶然映っていましてね。それが、当日の午前六時三十六分なんです。そのあとのテープに、ミスター・クラークが映っているんですよ。奥さんが殺されたのが、午前六時から七時の間ですから、その時には、ミスター・クラークは、ホテルから離れた由布岳の中腹にいたことになるんです。それで、彼の無実は、証明されたんです。ホテルから、そこまで一時間近くかかりますから」

「良かった。本当に、良かった！」

「三日後の第五回公判で、この証人が出廷して、証言することになっています。それで、正式に、ミスター・クラークの無実が、証明されるわけです」

「素晴しい」

「あなたも、彼の親友として、ほっとされたでしょう」

「これからすぐ、日本へ行き、直接、彼に、おめでとうといって、抱きしめてやりたいと思います」

「きっと、ミスター・クラークも、喜びますよ」

「それから、彼を助けてくれる証人の人にも、会って、お礼をいいたいな。何とか、会えるように、骨を折ってくれませんか」

「いいですよ。弁護士が、呼んでいますから、明日には、由布院に行く予定です」

「どんな人ですか？」

「東京のサラリーマンで、四十歳で、橋本豊という名前です。温泉好きで、たまたま、事件の日、由布院に来ていたそうです。まさか、自分が撮ったビデオが、殺人事件の公判に役立つとは思っていなかったと、当人も、びっくりしているみたいです」

「とすると、ビデオテープも、その人は、持ってくるわけですね？」

「ええ。法廷で、映写する予定ですから」

「僕も、そのビデオを見たいですね。それも、あなたが、取りはからって下さい」

「わかりました」

「では、明日、日本へ向いますので、よろしく。とにかく、ミスター・クラークの無実が決まって、嬉しくて仕方がありませんよ」

3

「十津川さんが、予想された通りの反応でしたよ」

と、山本は、いった。

「そうでしょう。ケンジが、真犯人なら、私が考えた通りの反応を見せる筈です」

十津川は、微笑した。

「証人のことを聞かれたので、名前は、橋本豊、四十歳、東京に住むサラリーマンで、温泉が好きで、事件当日は、たまたま、由布院に来ていて、由布岳のふもとで、ビデオを撮っていて、その中に、偶然、ミスター・クラークが映っていたと、あなたにいわれた通りに、話しておきましたよ」

「ありがとう。それで、十分です」

「ミスター・ケンジは、明日、日本へ行く、由布院では、証人に会って、礼をいいたいので、会えるように、手配してくれと、いわれました」

「それで、いいんです」

「その時、問題のビデオテープも、見せて欲しいと、いっていましたよ」

「それでなくては、おかしいんです」

「大丈夫ですか？」

「もちろん、大丈夫ですよ」

と、十津川は、笑った。

全て、彼の予想した通りだった。それが、嬉しかったのだ。

彼は、念を入れ、浅草へ行き、名刺の早刷りの店で、百枚の名刺を作成した。

〈M商事　営業三課　課長補佐

橋本　豊〉

の名刺である。

営業三課直通の電話番号も記入した。この電話は、十津川の自宅の電話である。

ケンジが、疑い深く、その名刺の電話番号に電話して、確認しようとしたとき、その電話には、東京に戻る妻の直子が出て、

「橋本は、只今、休暇を取って、大分県の由布院に行っております」

と、答えることにしておくつもりだった。

十津川は、妻の直子と、打ち合せをすませ、亀井にも、これから自分のしようとすることを、詳しく説明した。

上司の三上刑事部長や、本多一課長には、何の説明もしなかった。反対されるに決まっていたからである。

警察には、休暇願を出して、翌日、十津川は、由布院に向った。

由布院で、旅館に入ると、山本に、電話をした。

「今、由布院のK旅館に入りました。もちろん、橋本豊の名前で。ケンジに、その旨伝えて下さい」

あとは、ケンジが、果して、この罠に引っかかるか、神に祈るより他はなかった。

翌朝九時すぎに、電話が、かかった。

「橋本さんですか？　私は、ケンジ・ハックマンといいます」

と、男の声が、いった。

「ああ、お名前は、聞いています」

と、十津川は、いった。

「私の親友のクラークのために、公判で、証言して下さるそうですね」

「明日、弁護側の証人として証言します」

と、十津川は、いった。

水島弁護士とも、打ち合せずみだった。

「それで、クラークの無実が、証明されると聞いて、ほっとしているんですよ」

「私は、ただ、自分の見たことを、証言するだけです」

「何か、彼のアリバイを、証明できると、いうことですか」

「たまたま、由布院に遊びに来ていて、撮ったビデオに、クラークさんが、映っていて、それが、彼のアリバイになっただけなんですよ。私の力じゃありません」

「それが、私の親友の命を助けることになったんです。もし、あなたがいなかったら、クラークは、多分、死刑の判決を受けるところでした」

「そうだったんですか」

「だから、命の恩人なんですよ。私は、クラークの友人として、ぜひ、あなたにお会いして、お礼をいいたいのです」

と、ケンジは、いう。

「お礼なんて、構いませんよ」

と、わざと、十津川は、相手をじらすように、いった。

「いや、ぜひお会いして、お礼を申し上げたい。そのために、わざわざ、アメリカから、やって来ました。それに、あなたが撮られたビデオも、見せて頂いて、安心したいんです」

「それだけ、おっしゃるんなら」

「そうだ。由布岳の中腹で、ビデオを撮られたんでしたね？　そう聞きました」

「そうです。土産物店が一軒だけある場所です。そこで、ビデオを回していました」

「そこで、午前十一時に、お会いしたい。構いませんか？」

「いいですよ」

「じゃあ、十一時に」

と、ケンジは、いって、電話を、切った。

（詳しい場所を聞かなかったな）

と、十津川は、思った。

ケンジは、きっと、由布院に着くなり、その場所を見て来たに違いない。

十津川は、拳銃を取り出して、弾丸が、装填されているのを確認してから、内ポケットにしまった。

ケンジとの会話を録音するためのマイクロレコーダーもポケットに入れ、胸元にピン・マイクを隠し、ビデオを手にして、部屋を出た。

レンタ・カーで、現場に向う。

由布岳へあがる道路を、登っていく。

両側は、青々とした丘陵が、広がっている。野焼きをするのだ。だから、短く緑の野草が、見えるのだが、ところどころに、焼けた樹の根が、黒く残っている。

一軒だけの土産物店が、見えた。

由布岳に、登る人たちは、ここで、ひと休みして、何か食べたり、飲んだりするのである。

だが、今日は閉っていて、「休業」の札が、かかっていた。

(ケンジは、下見に来て、このことを知っているに違いない)

と、思った。

それで、ここで、会いたいと、いったのか。

今、ここでは、十津川と、ケンジの他に、誰もいない状態になるのを、ケンジは、狙っているのかも知れない。

十津川は、レンタ・カーを止め、車からおりて、ケンジが現われるのを待つことにした。

十一時丁度に、向うも、レンタ・カーで、やって来た。

あの男だった。猫の家で写真に撮られた男に間違いなかった。サングラスをしているこ
とで、却って、確信できた。ひげも本物だったようだ。

サングラスをかけたまま、近づいて来て、

「ミスター・ハシモト？」

と、声をかけた。

「そうです。ケンジさんですね」

「はい。会って下さって、感謝しています。本当に、感謝しています」

ケンジは、アメリカ人らしく、十津川に、握手を求めてきた。

「そのビデオカメラで、あの日も、景色を、撮っていたんですね？」

「そうです。あの土産物店の前で、ちょっと休んで、それから外に出て、周囲の景色を写
しました。それに、たまたま、散歩中のクラークさんが、映っていたんです」

「そのテープは？」

「車の中に、置いてあります。あとで、お見せしますよ」

と、十津川は、いった。

「橋本さんは、東京のサラリーマンだと、お聞きしたんですが？」

と、ケンジが、きく。用心深い男なのだ。

「温泉好きの平凡なサラリーマンです」

十津川は、浅草で作った名刺を取り出して、渡した。

裏側には、アルファベットでも、印刷してある。

「ああ、商社マンですか」

ケンジは、名刺を見ながら、感心したように、いった。

「小さな商事会社ですが」

と、十津川は、いった。

「私も、名刺《ネームカード》をもっているんですが、車の中に置いて来ているので、取って来ます」

と、ケンジは、いい、自分の車に、戻って行った。

十津川が、見ていると、車内に入ると、すぐ、携帯をかけていた。

十津川は、思わず、苦笑した。

やはり、十津川の渡した名刺を、電話で、確認しているのだ。ケンジにしてみたら、今が、正念場だから、用心の上にも、用心を重ねているのだろう。

（直子が、うまく、答えてくれたかな？）

と、十津川が、思っていると、ケンジは、ニコニコ笑いながら、戻って来た。

（直子は、上手く、対応してくれたらしい）

と、十津川は、思った。

「これが、私の名刺《ネームカード》です」

ケンジは、名刺を、差し出した。

4

「明日、あなたは、法廷で、弁護側の証人として、証言するのでしたね？」

と、ケンジが、きく。

「そうです。それで、今から緊張しています」

十津川は、小さく、笑った。

「弁護士は、何という人です？」

と、ケンジは、きく。

「水島弁護士です」

「その水島さんは、どうやって、あなたのことを、知ったんですかね？」

ケンジが、また、きく。

「水島さんも、あなたと同じように、必死で、ミスター・クラークの無実を証明するものがないかと、探していたんですよ。それで、あの日、ここで、午前六時半頃、ビデオを回していた観光客がいたのがわかったと、おっしゃっていましたね。ひょっとして、それに、ミスター・クラークが写っていたら、時間的に、立派なアリバイになる。それで、私を、探されたんです。ところが、あそこの土産物店の主人の話で、四十歳ぐらいの観光客らしいと、わかったが、何処《どこ》の誰ともわからないので、特定するのに、苦労したといわれましたよ。朝の六時半頃に、ここで、風景を撮っていたというので、前日には、もう由布院に来ているだろう。そう考えて、由布院の全部の旅館に当ったといってました」

「それで、あなたに、行きついたということですね？」

「そうなんです。私は、もちろん、もう東京に帰っていたので、水島弁護士さんから、突然、電話があって、びっくりしましたよ。正直にいって、ここで、殺人事件があったのも知りませんでしたし、大分地裁で、その事件の公判が、始まっていたことも、知らなかったんです」

「あなたが、ビデオを回していたので、私の親友が、助かるんです」

横の道路を、車が、走り抜けて行った。

五、六人のハイカーが、坂道を、降りて行く。

「もう少し、向うで話しませんか」

と、ケンジがいい、なだらかな草原の中に、入り込んで行った。

十津川も、彼の後に続いた。

ケンジは、止まらずに、歩いて行く。

(何処まで行く気なんだ?)

と、思いながら、十津川も、歩いて行った。

いつの間にか、小さな丘陵を越えていた。土産物店も、道路も、視界から消えている。道路を走る車の音も、聞えなくなった。

「座りませんか」

と、ケンジが、いい、二人は草の上に並んで腰を下した。

「私と、クラークとは、高校が一緒なんですよ。その時に、一つの事件がありましてね。乱射事件です」

と、ケンジは、喋《しゃべ》る。

親友の思い出話をしているという感じではなく、ただ、喋り、その間に、こちらの様子を、窺っている感じだった。

ケンジは、十津川の知っている、例の乱射事件について喋り、

「あいつは、優しいけど、気の強いところがありましてね。その事件で、何十人もの友人を、助けたんですよ」

「確かに、ヒーローですね」

十津川は、相槌を打ちながら、少しずつ、焦燥を覚えていた。

このケンジを真犯人に違いないと考え、何とかして、罠にかけたいのだが、このまま、だらだらと、彼の思い出話につき合っていたのでは、ラチがあかない。

十津川は、腕時計に眼をやって、

「これから、水島弁護士と、明日の証言について、詳しい打ち合せをしなければなりません。あなたも、もうこれで、安心したでしょう。クラークさんは、大丈夫、無罪で釈放されますよ」

と、いって、立ち上がった。

ケンジも、つられるように立ち上がったが、突然、

「どうして、こうなるんだ！」

と、怒鳴った。

「どうしたんです？」

十津川は、相手の顔色を見ながら、きいた。

「どうして、あの日に限って、ここでビデオを回していたんだ？」

また、ケンジが、怒鳴る。

「どうしたんです？　あなたの親友のクラークさんが、釈放されると思いますから、喜んで下さい」

と、十津川は、いった。

　ケンジは、突然、ポケットから拳銃を取り出して、銃口を、十津川に向けた。

「何ですか？　それは」

「お前なんかに、おれの気持がわかるか！」

　ケンジが、大声を出す。

「あなたは、私の証言を喜んで下さっているんじゃありませんか？　一緒に、喜びましょうよ。私だって、無実の人が、助かるんだから、嬉しいんです」

「それが、違うんだよ。お前がいなければ、何もかも、上手くいったんだ。それを、ぶちこわしやがって」

「何を、私が、ぶちこわしたんですか？」

　十津川は、惚《とぼ》けて、きいた。

「お前が死ねば、元に戻るんだよ」

「私を殺すんですか？」

「そうだ。明日の法廷に、お前は出ないんだ」

「いや、出ますよ。クラークさんを助けたいんです」

「ここで死ねば、出たくても出られないんだ」

　ケンジの顔が険しくなった。凶暴な表情に変っていく。

「そうか」

と、十津川は、わざと、今、わかったという顔で、

「あんたは、クラークさんが、無罪になると困るんだ」

「鈍《にぶ》い男だな」

「ということは、真犯人は、あんたか」

「――」

「犯人じゃなければ、私を殺す必要もないわけだからね。そうなんだろう?」

「お前には別に恨みはないが、おれは、都合の悪い人間には死んで貰うことにしているんだ」

ケンジは、ゆっくりと、撃鉄を起こした。

「止《よ》した方がいいな」

十津川が、落ち着いた声で、いった。

その冷静さに、ケンジがぎょっとした表情になって、周囲を見廻した。

5

「怖くないのか?」

ケンジが、銃口を、十津川の胸に押しつける。

「怖いさ。だが、私を殺せば、あんたは、殺人罪で逮捕される」

と、十津川は、いった。

「誰に？　誰もいないじゃないか」

「それが、いるんだよ」

十津川は、胸元に隠したピン・マイクに向って、

「聞こえますか？」

その声に合せたように、丘陵の上に、白い旗が、あがった。

「畜生《ガッデム》！」

と、ケンジは叫び、旗の方に向って、

「おりて来い！　来ないと、こいつを殺すぞ！」

と、怒鳴った。

「もう諦《あきら》めなさい。あんたが、話したことは、全て、このマイクから、向うの受信機に送信されて、録音されたんだ。あんたは、自分が、この事件の真犯人だと、自供してしまったんだよ」

十津川は、冷静に、いった。

「お前を殺してやる！」

「殺して、そのあとどうやって逃げるんだね？　道路に止めたレンタ・カーも、今頃、差し押さえられているはずだ。もう、逃げ場は、ないんだよ」

「畜生！」

と、また、叫び、ケンジは、宙に向って、続けて、引き金をひいた。

一発、二発と、空気をふるわせて、弾丸が、宙に向って、飛んだ。

十津川は、自分の拳銃を引き抜いて、ケンジに、銃口を向けた。

「拳銃を捨てなさい」

「――」

ケンジは、黙って、十津川の手が、握りしめている拳銃を見つめた。

が、事態が呑み込めないという顔になっていた。

「お前は、誰なんだ？」

「警視庁捜査一課の十津川だ」

と、十津川は、いった。

ケンジは、まだ、よくわからないという顔で、

「日本の刑事は、クラークが、犯人だと信じている筈じゃないのか」

「刑事の中には、クラークは、シロだと思っている人間もいるんだよ」

「おれは――」

ケンジは、ふいに、拳銃の銃口を、自分の頭に当てた。

「バカ！」

十津川は、銃身で、ケンジの腕を叩いた。

その瞬間、ケンジの拳銃が火を噴いたが、弾丸は、あらぬ方向に飛び去った。

十津川は、もう一度、銃身で、今度は、ケンジの銃を叩き落した。

ケンジは、草の上に、座り込んでしまった。

「あなたを、緊急逮捕する」

十津川は、手錠を取り出して、ケンジにかけた。

丘陵の向う側から、水島弁護士が現われ、ゆっくりと、こちらに向って、おりて来た。

「録音は、うまく録《と》れましたか？」

と、十津川は、声をかけた。

水島は、ニッコリして、

「録れました。私一人では、テープに細工したと思われたら困るので、裁判所の今野という書記にも来て貰って、立ち会わせました。今、録音したテープを、彼が、地裁に持って行きました」

と、いった。

「これで、クラークは、助かりますか？」

「即、釈放というわけにはいかないと思いますが、私は、期待を持っています。法律の手続きが必要ですから、時間は、かかりますが」

と、水島は、いった。

十津川は、肯き、それから、ケンジの腕をつかんだ。

「行こうか」

と、声をかけた。

6

水島弁護士のいった通り、ケンジが逮捕され、彼が告白したテープがあっても、クラークは、すぐには、釈放されなかった。

裁判が、進行していたからである。

裁判の中で、弁護側が、クラークの無実を証明し、裁判長が、判決する。それを待たなければ、完全には、クラークが、無実にはならないのである。

そのため、弁護士たちは、まず、アメリカにおけるクラークと、ケンジの、高校時代の出来事について、証明していかなければならなかった。

乱射事件。

偶然、ヒーローになってしまったクラーク。

この時、クラークが、拳銃で射殺した高校ＯＢのＢ・ハックマンが、ケンジの兄である。

この時から、ケンジは、クラークに対して、恨みを抱くようになった。

その後、ケンジは、クラークが、何処で、どうしているか、わからなかったが、最近になって、クラークの名前を、翻訳本の中に発見した。

それは、クラークが、妻の加奈子と共同で、翻訳した日本のお伽話《とぎばなし》の本だった。

ケンジは、クラークが、日本女性と結婚して、日本で生活しているのを知った。

それまで、ケンジ自身は、妹や養父が、病死するなど、不幸が続いていて、それも、クラークのせいだと思い、日本で、楽しく結婚生活を送っているクラークに、一層、憎悪を大きくしていった。

ケンジは、U・S・デテクティブ・トウキョウに、クラークのことを、詳しく、調べさせた。

クラークが、妻の加奈子と一緒に、大分の由布院に行くことを、山本に聞いたケンジは、由布院にやって来て、事件の前々日から、夫妻を尾行した。

アメリカでの事件などは、主として、十津川の妻の直子が、集めた資料を、証拠として、弁護側は提出した。

それだけでは不足なので、改めて、サンフランシスコ警察に照会し、事件の調査資料(コピー)を、送って貰うことにした。

このために、三日間という時間が、必要になった。

十津川の妻の直子も、弁護側の証人として出廷し、アメリカで、クラークと、ケンジの過去を、調べたことについて、証言した。

当然、検事の反対訊問も行われた。

「あなたは、予断を持って、アメリカへ行かれたんじゃありませんか？　被告人のクラークは、絶対にシロである。真犯人は、ケンジに違いないという予断です。その点は、どうなんですか？」

と、検事は、きいた。

それに対して、直子は、こう答えた。

「私は、クラークさんが、無実であって欲しいと思っていました。でも、やみくもに、シロなんだと決めつけたわけじゃありません。と、いうのは、クラークさんについて、自分が、ほとんど何も知らないことに、気付いたからです。だから、アメリカへ行ったのは、クラークさんの無実を証明するためというより、クラークさんは、何者なのかということを知るためのアメリカ行だったんです。ですから、彼にとって、不利になるに違いないと思われる、例えば、十三歳で、母親を射殺したことなども、きちんと、主人に報告していましたし、クラークさんが、ヒーローになった高校での乱射事件についても、彼は、結果的にヒーローになりましたけど、彼は、自分が、生徒を射《う》とうと思って、拳銃を忍ばせていたことも、きちんと、調べて、報告しています」

「ケンジという存在に気付いたのは、いつですか？」

「最初にアメリカに行ったとき、ケンジという人の存在は、頭の外にありました。主人が、由布院で、加奈子さんが殺される前々日、夫妻を尾行していた男は、アメリカから来たのかもしれないというのです。それで、アメリカ時代のクラークさんと関係のあった日系アメリカ人がいなかったか、私は、もう一度、アメリカへ行って探したのです。ケンジさんを見つけたのは、その時が、最初です」

と、直子は、証言した。

由布院の土産物店「猫の家」の女店員二人も、弁護側の証人として出廷し、証言してくれた。

問題は、十津川自身だった。

水島弁護士は、十津川に向って、

「ケンジの逮捕については、どうしても、十津川さんの証言が必要です。ただ、十津川さんは、刑事だから、本来は検事側の証人の筈なんですが、われわれの証人として、出て頂けますか？」

と、きいた。

「もちろん、出廷します。但し、捜査一課の刑事としてではなく、十津川省三個人として、出廷したいと思います。ケンジを由布岳の中腹で捕えたときも、警視庁には、休暇を取り、個人として、現場に行っていますから」

と、十津川は、いった。

その時点で、十津川は、検事側から、十字砲火を浴びせられることを、覚悟した。検察にも、面子《メンツ》がある筈だからである。

案の定、検事は、猛烈に、十津川を、攻撃してきた。

「証人は、一私人として、ケンジを、由布岳の中腹に呼び出したといっていますが、それは間違いありませんか？」

と、検事は、きく。

「間違いありません」

「それでは、あなたは、逮捕状もなく、警察官でもないのに、ケンジを逮捕したのですか？」

「そうです。ケンジは、自ら今回の殺人事件の犯人であることを自白し、かつ、拳銃を取り出して、三発も、発砲したのです。こうした危険な場合、更に、近くに警察官がいない場合は、市民も、逮捕することが、許されている筈です」

と、十津川は、いった。

「しかし、その時、あなたは、拳銃を使用しましたね。その拳銃は、どうして、持っていたのですか？」

「捜査一課の刑事として、支給されている拳銃です」

「しかし、あなたは、その時、警察官ではなく、一市民として、行動していたのではないのですか？」

「その通りです」

「その一市民が、なぜ、拳銃を所持していたのですか？　それが、許される根拠を示して下さい」

と、検事は、いった。

「許される根拠はありません」

「では、不法所持ですね？」

「その通りです。私は、ケンジが、拳銃を所持していると考え、護身用として、拳銃を持って行ったので、一発も、発砲しておりません。もちろん、拳銃不法所持は、確かなので、その責めは、受けるつもりです」

「あなたは、ケンジに対して、M商事の社員だという偽名の名刺を渡していますね？」

「その通りです」

「それが、許される行為だと思いますか？」

「その点については、裁判官の判断に委《まか》せますが、私としては、ひたすら、由布院における殺人事件の真実を知りたいと思い、そのためについた嘘であり、それが必要だったと考えます」

と、十津川は、いった。

「また、あなたは、ケンジに対して、今回の殺人事件に際して、被告人クラークのアリバイを証明する証人がいると嘘をつきましたね？」

「その通りです」

「かかる欺瞞《ぎまん》によって、誘導した自白が、事件解決の証拠になると思いますか？」

と、検事は、きく。

「それも、当法廷の判断に待ちたいと思います」

「あなたは、拳銃不法所持、偽名の使用、欺瞞による自白の強要といった罪を犯しているのですが、それについては、どう考えているのですか？」

「もちろん、甘んじて、その罪に服する覚悟は出来ています」

「あなたは、自分の行為が、大分県警の捜査に水をさすものであり、警察の威信を傷つけるものであることは、わかっているのですか？」

と、検事はきく。

「その考えには、異論があります。現在、警察の威信失墜がいわれるのは、警察内部に、自己批判がないことと、誤認逮捕のためだと、私は思っています。また、一度、殺人容疑で起訴されてしまい、公判が始まってしまったら、それを、批判したり、被告人は、無実ではないかという疑いを持つことが、許されないのが、現実であります。私は、被告人クラークの友人として、今回の事件を見ている中《うち》に、疑問が出て来たので、自分だけの捜査を行いました。その結果は、提出された資料の通りであります。これは、全て、誤認逮捕によって、警察の威信が、傷つくのを恐れたために、他なりません」

と、十津川は、いった。

次に、検事に代って、水島弁護士が、十津川を助ける形で、再質問をしてくれた。

「証人は、今、拳銃不法所持などについて、過《あやま》ちを、認められましたが、それらの行為は、何のためだったのですか？」

と、水島は、きいた。

「それらの行為は、全て、今回の殺人事件の真実を明らかにするためです。今も申し上げたように、不法所持の責めは、甘んじて受ける覚悟ですが、私が、今一番恐れるのは、そのために、事件の真実が、歪《ゆが》められたり、無実の人間が、罪になったり、真犯人が、何の罪にもならないことであります」

と、十津川は、いった。

7

最後に、ケンジ・ハックマンの訊問である。

十津川は、水島弁護士と協力して、ケンジを逮捕したのだが、彼が真犯人であることは、法廷で、証明しなければならないのだ。

大分県警は、すでに、クラークを、犯人として逮捕しており、公判中の事件だからである。

十津川が、恐れたのは、ケンジが、あくまで、犯行を否認し続けることだった。その場合、弁護側は、ケンジの犯行を証明できるだろうか？

ケンジは、犯行を自白し、それを、テープに録ったが、彼が、十津川に、拳銃で脅されたので、心ならずも、喋ったのだといったとき、裁判官は、どう判断するだろうか？　十津川は、その時、拳銃を所持していたことを、認めてしまっているからである。

しかし、法廷で、水島弁護士のケンジに対する訊問が始まったとたんに、十津川の危惧は、杞憂《きゆう》だったとわかった。

ケンジ自身が、罠にはめられたショックや、犯行を、自白してしまったことで、精神的に、参ってしまっていたのである。

ケンジは、人定質問の後、水島弁護士が、

「あなたと、クラークさんとの関係を、話して下さい」

と、いったとたん、急に、激した口調で、

「あいつを、殺したいと、思っていたさ。あいつは、私の兄を射殺したんだからな！」

と、いい放ったのだ。

これには、水島自身、びっくりした表情になって、

「それで、あなたは、クラークさんのことを、私立探偵に、調べさせたんですね」

「そうだ。だが、あれは、間違いだった」

と、ケンジは、いった。

「どこが、どう間違いだったんですか？」

水島弁護士が、きいた。

「あんな、まだるっこしいことをしたのは、間違いだったんだよ。日本で、クラークを見つけ出して、奴を、射殺してしまえば、それで良かったんだ」

と、ケンジは、いうのだ。

「しかし、あなたは、そのまだるっこしい方法で、クラークさんに、復讐しようとしたんでしょう？　クラークさんに、アリバイのないときを狙い、まず、岡本卓郎という男を殺し、次に、由布院で、加奈子さんを殺し、クラークさんから、愛する人を奪うと同時に、殺人犯に仕立てたんでしょう？　間違いありませんか？」

水島が、きく。

法廷内の全ての人間が、ケンジが、どう答えるか、かたずを呑んで、見守った。

数秒の間があってから、

「ああ、その通りだ。だが、間違いだったんだ」

ケンジが答えた瞬間、声にならないどよめきが、法廷内を支配した。

水島は、ほっとした表情になり、

「どう間違えたか、いって下さい」

「おれは、由布院で、クラーク夫婦を尾《つ》けていた。あの時、おれは、拳銃を持っていたんだ。それを、奴の顔に押し当てて、引き金をひいていたら、もう、全て終っていたんだよ。そうなれば、もっと、すっきりした気持になっていた」

「だが、そうしなかったのは、なぜなんですか？」

「その方が、より、奴を苦しめられると思ったんだ。日本の警察は、優秀だときいた。念入りに殺したオカモトの身元が判明し、その犯人も、奴だということになれば、死刑になるだろう。だが、間違いだった」

「どうしてです？」

「こうやって、奴の裁判が、だらだらと、続いていると、おれは、殺された兄貴のことが、思い出されてきて、復讐の喜びよりも、それが、実現しないことの焦燥に責められてしまうんだ」

と、ケンジは、いった。

「今、あなたが、望むことは、何ですか？」

と、水島が、きいた。

ケンジは、声を張りあげて、

「オカモトという男を殺したことも、クラークの妻を殺したことも、喜んで認める。その代り、おれに、拳銃を持たせてくれ。おれは、それで、被告人席にいるクラークの奴を、射殺したいんだ！」

8

それで、全てが終ったと思うのだが、裁判の結審は、一ヵ月後ということになった。

それまで、クラークは、釈放されず、大分拘置所に、拘留されることになった。

それまで、十津川は、由布院にとどまるわけにはいかず、東京に戻ったが、待っていたのは、自宅謹慎だった。

拳銃を許可なく持ち出したり、偽名を使ったりしたことが、その理由だった。

全て、事実だったから、十津川は、甘んじて、それを受けた。

一ヵ月後の結審の日、妻の直子だけが、大分地裁に出かけて、傍聴することになった。

この事件は、十津川の行動や、真犯人のケンジ・ハックマンの逮捕ということもあって、マスコミが大々的に報道した。

そのせいか、傍聴席は、満員だった。

開廷されると、直子は、じっと、被告人席のクラークを、見つめた。

緊張のためか、彼の顔は、青白かった。

直子には、彼の無罪判決が、当然の気がするのだが、当事者のクラークにしてみれば、まだ、不安なのだろう。

裁判長は、たんたんとした口調で、判決文を読んでいった。

判決は、直子の予想した通り、「無罪」だった。

その瞬間、直子は、不覚にも、涙があふれてしまい、法廷内で、水島弁護士と、クラークが、握手している姿が、かすんでしまった。

その日の夕方、直子は、水島ともう一人の弁護士横山と会い、夕食を一緒にした。

「明日、午前十時に、クラークは、釈放されます。一緒に、大分拘置所に、行かれますか?」

と、水島が、きいた。

「ぜひ、ご一緒させて下さい」

と、直子は、いった。

その夜、大分市内のホテルに泊り、東京の十津川に電話をかけた。

「明日、弁護士先生と、大分拘置所に、クラークを迎えに行きます」

直子が、いうと、十津川は、

「いよいよか。私も、喜んでいると、伝えてくれ」

と、いった。

翌日、二人の弁護士が用意した車で、直子は、大分拘置所に向った。

午前十時、きっかりに、着く。

三人は、門のところで、出てくるクラークを待った。

（出て来たら、何と声をかけようか？）

と、直子は、考えていたのだが、五分たっても、十分たっても、クラークは、現われなかった。

更に、二十分過ぎた。

「おかしい」

と、水島が、いい、三人は、事情を話して、拘置所の中に入った。

何か、騒然とした気配がした。

しばらく、待たされてから、谷川という所長が、三人を、自分の部屋に案内した。

「何かあったんですか？」

と、待ち切れずに、直子が、きくと、谷川所長が、沈痛な表情で、

「申しわけないことになってしまいました」

と、いう。

「クラークに、何かあったんですか？」

水島が、きいた。

「今日早朝、自殺しているのが、見つかったんです」

「どうして！」

と、思わず、直子は、叫び声をあげた。

「無実の判決があったばかりなんですよ。どうして、彼が、自殺しなきゃならないんですか？」

「なぜか、わかりませんが、遺書がありました」

と、いう。

「それを、見せて下さい」

と、水島は、いった。

〈私は、最初、妻の加奈子を殺した容疑で逮捕された時、こんなでたらめなことがあるかと、怒りに、ふるえました。

日本の警察にも腹が立ち、もし、真犯人が見つかったら、首を絞めてやりたいと思いました。

それが、大分拘置所に移され、時間がたつにつれて、私の気持は、徐々に、変化していきました。

私の心を支配していったのは、愛する加奈子が、すでに、この世にいないのだという、寂《せき》寞《ばく》とした悲しさでした。

時間がたつにつれて、その空しさは、どんどん、広がっていったのです。

今、私は、無罪判決を受けました。私のために、戦って下さった弁護士先生と、握手を交わしましたが、申しわけないのですが、喜びよりも、戸惑いに、私は、支配されていたのです。

加奈子を失った、どうしようもない空しさから辛うじて私を支えていたのは、不当逮捕に対する怒りでした。

その支えが、外されてしまったのです。

夜が明けたら、私は、加奈子のいない、寂しく冷たい世界に放り出されるのです。

犯人も見つかって、私は、彼女を失った悲しみの捌《は》け口もありません。ただ、ひたすら、その悲しみと、空しさに耐えていく自信が、私には、ないのです。

私のために、尽力して下さった方々には、本当に、申しわけなく思っていますが、弱い私を、許して下さい。

間もなく、夜が明けます。

今日は、快晴になりそうな気がします。

SAYONARA〉

直子は、窓の外に眼をやった。
確かに、雲一つない快晴だった。

この作品はフィクションであり、作中に登場する人物、
団体、場所等は実在のものと関係ありません。

『由布院心中事件』
ノベルス版　二〇〇〇年十二月刊　C★NOVELS
文庫版　二〇〇三年十二月刊　中公文庫
二〇〇七年十一月刊　徳間文庫

中公文庫

由《ゆ》布《ふ》院《いん》心中《しんじゅう》事《じ》件《けん》
——新装版《しんそうばん》

2003年12月20日　初版発行
2020年 5 月25日　改版発行

著　者　西村《にしむら》京《きょう》太郎《たろう》

発行者　松 田 陽 三

発行所　中央公論新社
〒100-8152　東京都千代田区大手町 1-7-1
電話　販売 03-5299-1730　編集 03-5299-1890
URL http://www.chuko.co.jp/

DTP　嵐下英治
印　刷　三晃印刷
製　本　小泉製本

Published by CHUOKORON-SHINSHA, INC.
Printed in Japan　ISBN978-4-12-206884-1 C1193

中公文庫既刊より

各書目の下段の数字はISBNコードです。978－4－12が省略してあります。

に-7-50
盗まれた都市 左文字進探偵事務所
西村京太郎

東北のある都市で「反東京条例」が可決された。私立探偵の左文字は不穏な空気の正体を突き止めるため現地に飛ぶが、殺人事件の犯人に仕立て上げられてしまう。

206090-6

に-7-52
さらば南紀の海よ
西村京太郎

「白浜温泉に行きたい」と望んだ余命なき女を殺害し、その息子が乗車した〈特急くろしお〉を爆破した犯人は誰？　十津川は驚愕の推理を胸に南紀へ飛ぶ！

206201-6

に-7-53
十津川警部 鳴子こけし殺人事件
西村京太郎

不審死した女性の部屋から五体の鳴子こけしが持ち去られ、東京・山口・伊豆の殺人現場に次々と置かれていく。十津川は犯人を追い京都へ。

206309-9

に-7-54
祖谷《いや》・淡路 殺意の旅
西村京太郎

かずら橋で有名な徳島の秘境と東京四谷の秘密クラブで画策された連続殺人事件⁉　十津川のかつての部下が容疑者に。政界の次期リーダーの悪を暴け！

206358-7

に-7-55
東京－金沢 69年目の殺人
西村京太郎

終戦から69年たった8月15日、93歳の元海軍中尉が東京で扼殺された。金沢出身の被害者は、「特攻」の真相を探っていたことを十津川は突き止めるが。

206485-0

に-7-56
神戸 愛と殺意の街
西村京太郎

〈神戸の悪党〉を名乗るグループによる現金・宝石強奪事件。港町で繰り広げられる十津川と犯人の白熱の知恵比べ。悪党が実現を目指す夢の計画とは？

206530-7

に-7-57
「のと恋路号」殺意の旅 新装版
西村京太郎

自殺した婚約者の足跡を辿り「のと恋路号」に乗ったあや子にニセ刑事が近づき、婚約者が泊まった旅館の従業員は絞殺される。そして十津川の捜査に圧力が。

206586-4

に-7-58
恋の十和田、死の猪苗代 新装版
西村京太郎
ハネムーンで新妻を殺された過去を持つ刑事が、猪苗代湖で女性殺害の容疑者に。部下の無実を信じる十津川警部は美しい湖面の下に隠された真相を暴く！
206628-1

に-7-59
鳴門の渦潮を見ていた女
西村京太郎
元警視庁刑事の一人娘が、鳴門〈渦の道〉で何者かに誘拐された。犯人の提示した解放条件は現警視総監の暗殺！ 警視庁内の深い闇に十津川が切り込む。
206661-8

に-7-60
姫路・新神戸 愛と野望の殺人
西村京太郎
人気デザイナー尾西香里がこだま車内で殺害された！容疑者として浮上した夫には犯行時刻のアリバイが。愛憎と欲望が織り成す迷宮に十津川の推理が冴える。
206699-1

に-7-61
木曽街道殺意の旅 新装版
西村京太郎
捜査一課の元刑事が木曽の宿場町で失踪、さらに実在しない娘から捜索依頼の手紙が届く。残された写真をもとに十津川・亀井コンビは木曽路に赴くが……。
206739-4

に-7-62
ワイドビュー南紀殺人事件 新装版
西村京太郎
十津川警部の部下・三田村刑事は、恋人と南紀へ旅行中に偶然、殺人事件に遭遇。それは連続殺人への幕開きにすぎず、やがて恋人も姿を消した……。
206757-8

に-7-63
わが愛する土佐くろしお鉄道
西村京太郎
高知への帰省当日に刺殺された女子大生。事件の鍵を握るのは、四国の鉄道事情と地元の英雄である龍馬の影⁉ 十津川警部は安芸へ向かう。
206801-8

に-7-64
宮島・伝説の愛と死
西村京太郎
癌で余命いくばくもない一乗寺多恵子が殺害された。犯人はなぜ死期の迫った女性を殺めたのか？ 事件解決の鍵を求めて十津川警部は宮島へ向かったが……。
206839-1

あ-10-9
終電へ三〇歩
赤川次郎
リストラされた係長、夫の暴力に悩む主婦、駆け落ちした高校生カップル……。駅前ですれ違った他人同士の思惑が絡んで転がって、事件が起きる！
205913-9

各書目の下段の数字はISBNコードです。978－4－12が省略してあります。

あ-10-10
静かなる良人 新装版
赤川次郎
浮気をして家へ帰ると夫は血まみれで倒れていた。犯人探しにのりだした妻の千草は、生前気づかなかった夫の思いがけない一面を知る……。〈解説〉山前譲
206807-0

あ-10-11
迷子の眠り姫 新装版
赤川次郎
クラス対抗リレーの練習に出かけた昼下がり、誰かに川に突き落とされた高校生の笹倉里加。病院で目を覚ました彼女に不思議な力が！〈解説〉山前譲
206846-9

う-10-27
薔薇の殺人
内田康夫
脅迫状が一通きただけの不可思議な誘拐事件。七日後、遺体が発見されたが、手がかりはその脅迫状だけだった。浅見光彦が哀しい事件の真相に迫る。
205336-6

う-10-28
他殺の効用
内田康夫
保険金支払い可能日まであと二日を残して、会社社長が自殺した。自殺に不審を抱いた浅見光彦は、単身調査に乗り出すが意外な結末が⁉ 傑作短編集。
205506-3

う-10-29
教室の亡霊
内田康夫
中学校の教室で元教師の死体が発見された。毒殺された被害者のポケットには、新人女性教師とのツーショット写真が――。教育現場の闇に、浅見光彦が挑む！
205789-0

う-10-30
北の街物語
内田康夫
「妖精像」の盗難と河川敷の他殺体。二つの事件には、ある共通する四桁の数字が絡んでいた――。浅見光彦が、生まれ育った東京都北区を駆けめぐる！
206276-4

う-10-31
竹人形殺人事件 新装版
内田康夫
浅見家に突如降りかかったスキャンダル⁉ 父の汚名をそそぐため北陸へ向かった名探偵・光彦は、竹細工師殺害事件に巻き込まれてしまうが――。
206327-3

う-10-32
熊野古道殺人事件 新装版
内田康夫
伝統の宗教行事を再現すると意気込んだ男とその妻が、謎の死を遂げる。これは祟りなのか――。浅見光彦と「軽井沢のセンセ」が南紀山中を駆けめぐる！
206403-4

う-10-33
鳥取雛送り殺人事件 新装版
内田康夫
被害者は、生前「雛人形に殺される」と語っていた男。調査のため鳥取に向かった刑事が失踪してしまい――。浅見光彦が美しき伝統の裏に隠された謎に挑む！
206493-5

う-10-34
坊っちゃん殺人事件 新装版
内田康夫
取材のため松山へ向かう浅見光彦。旅の途中何度も出会った女性が、後日、遺体で発見され疑われる光彦だったが――。浅見家の〝坊ちゃん〟が記した事件簿！
206584-0

う-10-35
イーハトーブの幽霊 新装版
内田康夫
宮沢賢治が理想郷の意味を込めて「イーハトーブ」と名付けた岩手県花巻で、連続殺人が。被害者は死の直前「幽霊を見た」と……。〈解説〉新名　新
206669-4

う-10-36
萩殺人事件
内田康夫
お見合いのため山口県を訪れた浅見光彦の親友・松田将明が、浅見と共に連続殺人事件の闇に挑む！『汚れちまった道』と対をなす異色長篇。〈解説〉山前　譲
206812-4

も-12-74
棟居刑事の追跡 新装版
森村誠一
近隣の生活を覗き見するのが趣味の老女は、屋上から墜落死した女が男と争う光景を目撃していた。第二、第三の惨劇も起こり、棟居刑事らが動き出す！
206571-0

も-12-75
棟居刑事の殺人の衣裳 新装版
森村誠一
青春の幻影ともいうべき「女神」に似た女性に遭遇した銀行員・明石は、彼女を拉致してしまうが事態は予期せぬ方向へと進み……。〈解説〉坂井希久子
206664-9

も-12-76
戦友たちの祭典《フェスティバル》
森村誠一
太平洋戦争を生き抜いてきた男たちが、戦友の遺言に導かれ集結した。志半ばに逝った彼らの無念を背負う身に、安らかな老後は必要ない！〈解説〉折笠由美子
206761-5

も-12-77
愛する我が祖国よ
森村誠一
妻を喪った新人作家の永井は朝鮮戦争の激戦地へ赴き、かけがえのない仲間と出会い妻の死に疑念を抱く。『サランヘヨ　北の祖国よ』改題。〈解説〉池上冬樹
206824-7

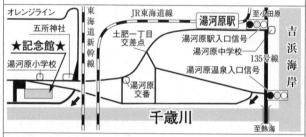